तुम्हारी क्षय

राहुल सांकृत्यायन

प्रभाकर प्रकाशन

HB ISBN: 978-93-56828-36-0
ISBN: 978-93-56827-80-6
eISBN: 978-93-56829-25-1

© प्रकाशकाधीन

प्रकाशक: प्रभाकर प्रकाशन
प्लॉट नं.–55, मेन मदर डेयरी रोड
पांडव नगर, ईस्ट दिल्ली-110092
फोन: 011–40395855
व्हाट्स ऐप: +91 9319228272
ई-मेल: sales@pharosbooks.in
वेबसाइट: www.prabhakarprakashan.com

प्रथम संस्करण: 2024

मुद्रक: सुषमा बुक बाइंडिंग हाउस ओखला इंडस्ट्रियल
एरिया फेस-II, नई दिल्ली-110020

तुम्हारी क्षय
राहुल सांकृत्यायन

दो शब्द

"तुम्हारी क्षय" के रूप में मैंने अपने कुछ भावों को व्यक्त किया है। वस्तुतः वे भाव और भी कड़े शब्दों का तकाज़ा रखते थे, किन्तु कुछ तो उतने कड़े शब्दों को तुरंत प्राप्त करना मुश्किल था, और कुछ यह भी ख्याल उसमें बाधक हुआ, कि पुस्तक को पाठकों के पास पहुँचाना है।

पुस्तक छपरा जेल में लिखी गयी थी और इसका कुछ अंश "जनता" में निकला था।

राहुल सांकृत्यायन

अनुक्रम

1

तुम्हारे समाज की क्षय

मनुष्य सामाजिक पशु है। मनुष्य और पशु में अन्तर यही है कि मनुष्य अपने हित और अहित के लिए अपने समाज पर अधिकतर निर्भर रहता है। वस्तुतः पशु-जगत् के बड़े-बड़े बलिष्ठ शत्रुओं के रहते तथा समय-समय पर आने वाले हिमयुग जैसे महान प्राकृतिक उपद्रवों से बचने में उसके दिमाग़ ने जो सहायता दी है, उसमें मनुष्य का समाज के रूप में संगठन बहुत भारी सहायक हुआ है। समाज ने पहले कमज़ोर मनुष्य की शक्तियों को सैकड़ों व्यक्तियों की एकता द्वारा बहुत बढ़ा दिया और तभी वह अपने प्राकृतिक और दूसरे शत्रुओं से रक्षा पाने में मदद देते हुए भी अपने भीतर से ऐसे शत्रुओं को पैदा कर दिया है, जिन्होंने कि उन प्राकृतिक और पाशविक शत्रुओं से भी अधिक मनुष्य-जीवन को नारकीय बनाने का काम किया है।

समाज का अपने भीतर के व्यक्तियों के प्रति न्याय करना प्रथम कर्त्तव्य है। न्याय का मतलब यह होना चाहिए कि हर एक व्यक्ति अपने श्रम के फल का उपयोग कर सके। लेकिन आज हम उलटा देखते हैं।

धन वह है जो आदमी के जीवन के लिए अत्यन्त आवश्यक है। खाना, कपड़ा, मकान, ये ही चीज़ें हैं जिन्हें वास्तविक धन कहना चाहिए। वास्तविक धन के उत्पादक वे ही हैं जो इन चीज़ों को पैदा करते हैं। किसान वास्तविक धन का

उत्पादक है, क्योंकि वह मिट्टी को गेहूँ, चावल, कपास के रूप में परिणत करता है। दो घण्टे रात रहते खेतों में पहुँचता है। जेठ की तपती दुपहरी हो या माघ-पूस के सबेरे की हड्डी छेदने वाली सर्दी, वह हल जोतता है, ढेले फोड़ता है, उसका बदन पसीने से तर-बतर हो जाता है, उसके एक-एक हाथ में सात-सात घट्टे (गाँठें) पड़ जाते हैं, फावड़ा चलाते-चलाते उसकी साँस टँग जाती है, लेकिन तब भी वह उसी तरह मशक्कत किए जाता है। क्योंकि उसको मालूम है कि धरती माता के यहाँ रिश्वत नहीं चल सकती–वह स्तुति-प्रार्थना के द्वारा अपने हृदय को खोल नहीं सकती। यह अकिंचन मिट्टी सोने के गेहूँ, रूपे के चावल और अंगूरी मोतियों के रूप में तब परिणत होती है जब धरती माता देख लेती है कि किसान ने उनके लिए अपने ख़ून के कितने घड़े पसीने दिए, कितनी बार थकावट के मारे उसका बदन चूर-चूर हो गया और कुदाल अनायास उसके हाथ से गिर गयी।

गेहूँ बना-बनाया तैयार एक-एक जगह दस-बीस मन रक्खा नहीं मिलता, वह पन्द्रह-पन्द्रह, बीस-बीस दानों के रूप में और वह भी अलग-अलग बालियों में छिपा सारे खेत में बिखरा रहता है। किसान उन्हें जमा करता है, बालियों से अलग करता है। दस-दस, बीस-बीस मन की राशि को एक जगह देखकर एक बार उसका हृदय पुलकित हो उठता है। महीनों की भूख से अधमरे उसके बच्चे चाहभरी निगाह से उस राशि को देखते हैं। वे समझते हैं कि दुख की अँधेरी रात कटने वाली है और सुख का सबेरा सामने आ रहा है। उनको क्या मालूम कि उनकी यह राशि–जिसे उनके माता-पिता ने इतने कष्ट के साथ पैदा किया–उनके खाने के लिए नहीं है। इसके खाने के अधिकारी सबसे पहले वे स्त्री-पुरुष हैं जिनके हाथों में एक भी घट्टा नहीं है, जिनके हाथ गुलाब जैसे लाल और मक्खन जैसे कोमल हैं; जिनकी जेठ की दुपहरियाँ खस की टट्टियों, बिजली के पंखों या शिमला और नैनीताल में बीतती हैं। जाड़ा जिनके लिए सर्दी की तकलीफ़ नहीं लाता, बल्कि मुलायम ऊन और क़ीमती पोस्तीन से सारे बदन को ढँके इन लोगों के लिए आनन्द के सभी रास्ते खोल देता है। निठल्ले और निकम्मे ये बड़े आदमी–ज़मींदार, महाजन, मिल-मालिक, बड़ी-बड़ी तनख़्वाहों वाले नौकर, पुरोहित और दूसरी सभी प्रकार की जोंकें–किसान के कसाले की इस कमाई के भोजन का सबसे पहले हक़ रखती हैं।

मज़दूर भोंपू लगते ही आँख मलते हुए कारख़ाने की ओर दौड़ता है। अभी कुछ दिनों पहले तक तो काम के घण्टों का भी कोई निर्बन्ध न था और अब भी अधिक मज़दूरों वाले कारख़ानों पर ही वह नियम लागू है। वहाँ तीन आने और चार आने रोज़ पर वह खटता है। इसी तीन-चार आने में उसे बीवी, तीन-चार बच्चों और बूढ़े माँ-बाप की भी फ़िक्र करनी है। एक दिन भी निश्चिन्त हो पेट-भर खाना उसके लिए हराम है और उस पर से यदि वह बीमार पड़ गया तो नौकरी से जवाब। यदि बूढ़ा या अंग-भंग हो गया तो आसमान के नीचे उसको और उसके बाल-बच्चों को भीख देने वाला भी कोई नहीं। यही नहीं, कल तक कारख़ाना चौबीसों घण्टे चल रहा था, आज मालिक के पास ख़बर आती है–चीज़ों का दाम गिर गया, अब उन्हें लागत दाम पर भी बाज़ार में कोई ख़रीदने वाला नहीं है। कारख़ाने में ताला लगा दिया जाता है। मज़दूर, उसके बाल-बच्चे दाने-दाने के लिए बिलखने लगते हैं। जब उसे काम मिला था और मज़दूरी मिलती थी तब भी उसकी ज़िन्दगी नरक से बेहतर न थी और बेकारी तो ज़िन्दा ही मौत। ऐसी तकलीफ़ों को सहते मज़दूर तैयार करता है बढ़िया से बढ़िया कपड़े, चीनी, मिठाइयाँ और हज़ारों तरह की सुख-विलास की सामग्रियाँ। वह अपने हाथों से खड़ा करता है बड़े-बड़े महल, बँगले, बाग़, ठण्डी सड़कें। लेकिन ख़ुद उसके लिए क्या मिलता है? उसकी झोंपड़ी शायद ही बरसात में साबित रहती हो। उसके बदन के लिए चीथड़े भी ढँकने के लिए नहीं मिलते। कितनी ही उसकी अपनी बनायी चीज़ें उसके लिए स्वप्न की-सी मालूम होती हैं और मज़दूर की हड्डियों, पसीने और चिन्ता से बनी इन चीज़ों का उपभोग कौन करता है? उनके ख़ून के गारे से उठी अट्टालिकाओं में विहार कौन करता है? वही बड़ी-बड़ी जोंकें–ज़मींदार, महाजन, मिल-मालिक, बड़ी-बड़ी तनख़्वाहों वाले नौकर, पुरोहित।

किसान और मज़दूर जिसके लिए अपनी जवानी धूल में मिलाते हैं, अपनी नींद हराम करते हैं, अपने स्वास्थ्य का सत्यानाश करते हैं, वह उन्हें भूखा-नंगा रख करके ही सन्तुष्ट नहीं होता, बल्कि पग-पग पर उन्हें अपमानित करना अपना कर्तव्य समझता है। किसान और मज़दूर ग़रीब क्यों हैं? क्योंकि उन्होंने अपनी कमाई परिवार और बाल-बच्चों को भूखा रखकर इन जोंकों को ख़ुशी-ख़ुशी दे दी है। उन्हीं के ख़ून से मोटी हुईं ये तोंदें ग़रीबी के लिए उन्हें लांछित करती हैं।

उनकी भाषा में इन ग़रीबों के लिए अलग शब्द हैं। 'आप' की तो बात ही क्या, 'तुम' भी उनके लिए नहीं इस्तेमाल किया जा सकता। 'तू', 'रे', 'अबे' से ही उन्हें सम्बोधित किया जा रहा है। बुरी से बुरी गालियों को उनके लिए इस्तेमाल करना अमीरी की शान है। उनके ही कारण ग़रीबी का शिकार मज़दूर और किसान उनके सामने चारपाई पर नहीं बैठ सकता, खड़ाऊँ नहीं पहन सकता, छाता नहीं लगा सकता। गाँव के किसान की इज़्ज़त और जानोमाल ज़मींदार के हाथ में है। वह जैसे चाहता है, उसे नाक रगड़ने को मजबूर करता है।

यह तो हुई वास्तविक धन के उत्पादकों की अवस्था और जोंकें? मज़दूरों और किसानों की कमाई उनके लिए अर्पित है। वे इसके सोचने की परवाह नहीं करते कि उनकी लाखों की तहसील और मुनाफ़े का रुपया किस तरह प्राप्त किया गया। क्या वे कभी यह सोचने की तकलीफ़ करते हैं कि उस एक-एक रुपये को जमा करने के लिए किसान ने अपने बच्चों को कितनी बार भूखा रक्खा? कितनी माताओं ने अपने को नंगा रक्खा? कितने बीमारों ने दवा और पथ्य से महरूम रहकर अपने प्राण छोड़े? यदि उनको ऐसा ख़याल होता तो वे कभी दो हज़ार की फ़ोर्ड कार की जगह तीस हज़ार का रोल्स-राइस ख़रीदना पसन्द न करते, महीने में हज़ार-हज़ार रुपये मोटर के तेल में न फूँक डालते। हाकिमों की दावतों और विलास के जलसों में लाखों का वारा-न्यारा न करते।

यह सब अन्धेर होते हुए भी किसी के कान पर जूँ तक नहीं रेंगती। समाज के पंच कह उठते हैं, अमीर-ग़रीब सदा से चले आए हैं; अगर सभी बराबर कर दिए जाएँ तो कोई काम करना पसन्द नहीं करेगा; दुनिया के चलाने के लिए अमीर-ग़रीब का रहना ज़रूरी है। समाज की बेड़ियाँ जेलख़ाने की बेड़ियों से भी सख़्त हैं। उन्हें आँखों से देखा नहीं जा सकता, लेकिन जहाँ समाज क़ानून के ख़िलाफ़—चाहे वह क़ानून सरासर अन्याय पर ही अवलम्बित क्यों न हो—कोई बात हुई कि समाज हाथ धोकर पीछे पड़ जाता है। कुएँ में पानी है, जगत पर लोटा-डोरी रखी हुई है, एक तरफ़ मन्दिर के आँगन में भक्तिभाव से झूम-झूमकर लोग रामायण पढ़ रहे हैं— "जाति-पाँति पूछे नहिं कोई। हरि के भजै सो हरि के होई।" गीता हो रही है— "विद्या विनय-सम्पन्ने ब्राह्मणे गवि हस्तिनि। शुनि चैव श्वपाके च पण्डिता समदर्शिनः॥" (विद्या और शील-सम्पन्न ब्राह्मण, गाय, हाथी, कुत्ता और चाण्डाल सब में पण्डित

लोग समदर्शी होते हैं) महात्मा और पण्डित लोग गद्गद होकर अर्थ कर रहे हैं–“जो है सब भगवान की देन है, सियाराम मय सब जग जानी। करहु प्रणाम जोरि जुग पानी। चराचर जगत सब भगवान के रूप हैं, जो है सो उसमें कोई भेद नहीं।” मालूम होता है, चारों ओर समदर्शिता, विश्व-बन्धुत्व और प्रेम का महासमुद्र लहरें मार रहा है। उसी समय जेठ की दुपहरी में प्यास का मारा चमार आ जाता है, उसका क़दम कुएँ की ओर बढ़ता है, भक्तों में से कोई उसकी जात पहचानता है, कानाफूसी होती है, महात्मा और भक्तिरस में गद्गद सभी श्रोताओं की त्यौरियाँ चढ़ जाती हैं, आँखें लाल हो जाती हैं और सभी मानो जीते जी खा जाने के लिए उस निरपराध व्यक्ति की ओर दौड़ पड़ते हैं? उसका क़सूर क्या? क्या कुएँ से पानी पीना अपराध है? क्या समदर्शिता और विश्व-बन्धुत्व के वायुमण्डल में कुएँ से पानी निकालकर पी लेना महापाप है? और यह मण्डली कुछ ही मिनटों पहले जिस राग को अलाप रही थी, उसके रहते क्या ऐसा करना उचित था? उन व्यक्तियों में से एक-एक से अलग-अलग पूछिए–“तुम्हारे वचन और कर्म में, मन्तव्य और कर्तव्य में इतना अन्तर क्यों?” घूम-फिरकर आप इसी नतीजे पर पहुँचेंगे कि समाज उनसे वैसा ही कराना चाहता है।

किसी ऊँची जात के माता-पिता की एक छोटी-सी लड़की है। समाज ने मजबूर किया है कि उसकी शादी आठ-दस बरस की उम्र तक हो जाए। ग्यारहवें बरस में वह लड़की विधवा हो जाती है। समाज कहता है, उसकी शादी नहीं हो सकती, अब ज़िन्दगी भर उसे ब्रह्मचर्य से रहना और इन्द्रिय-संयम करना पड़ेगा। कैसा ब्रह्मचर्य और इन्द्रिय-संयम?–जिसके पालन में विश्वामित्र और पराशर, ऋष्य शृंग और व्यास जैसे बड़े-बड़े ऋषि बिलकुल असमर्थ रहे। आज भी उसी विधवा लड़की का पचास साल का बूढ़ा बाप एक स्त्री के मर जाने पर दूसरी से शादी करने को तैयार है। उसके पच्चीस वर्ष के भाई की स्त्री को मरे महीने से ज़्यादा भी नहीं हुआ, लेकिन दूसरी शादी की बातचीत तय हो रही है। क्या समाज की अक़्ल मारी गयी है? क्या उसकी आँखों पर पर्दा पड़ गया है? क्या उसे मालूम नहीं है कि इस अबोध बालिका से ज़िन्दगी भर ब्रह्मचर्य और संयम की आशा रखना दुराशा मात्र है? क्या अपने पास-पड़ोस में प्रति वर्ष एक-दो गर्भ गिरते उसने नहीं देखे? इतने पर भी क्या वह नहीं समझ सकता कि यदि उस बालिका को खुलकर पुरुष-समागम

का मौक़ा नहीं दिया गया, तो वह छिपकर वैसा करेगी? खुलकर करने पर शायद वह रिश्ते और जाति का भी ख़याल करती; लेकिन छिपकर करने पर तो वह सबसे नज़दीक के सम्बन्धी के साथ भी नाता जोड़ सकती है। किसी जाति का पुरुष, जो उसे सुलभ है, उसके प्रेम का पात्र हो सकता है। इस गुप्त-प्रणय का परिणाम वह जानती है, उसके लिए मृत्युदण्ड से कम नहीं है। यदि गर्भ न गिराया जा सका, तो उसे सबसे हल्की सज़ा यही मिलेगी कि उसके माता-पिता, भाई-बन्धु, ख़ून के अत्यन्त नज़दीकी सम्बन्धी उसे किसी अनजान शहर में, किसी सुनसान जगह में, छोड़ आएँ जहाँ उसे जीवन भर वेश्यावृत्ति या उसी तरह का कोई काम करना होगा। समाज के कारण उसके भाई-बन्धु उसे ज़हर भी खिला सकते हैं, हथियार से भी मार सकते हैं। यदि गुप्त सम्बन्ध को छिपाया जा सका, तो गर्भ तो ज़रूर ही एक-दो गिराए जाएँगे। जो समाज इन सब बातों को अपनी आँखों से देखता है और इसके परिणामों को भी भली-भाँति समझता है, वह कैसे इतनी असम्भव शर्तें अभागे व्यक्तियों के सामने पेश करता है? क्या इससे उसकी हृदयहीनता स्पष्ट नहीं होती है? हर पीढ़ी के करोड़ों व्यक्तियों के जीवन को इस प्रकार कलुषित, पीड़ित और कण्टकाकीर्ण बनाकर क्या वह अपनी नर-पिशाचता का परिचय नहीं देता? ऐसे समाज के लिए हमारे दिल में क्या इज़्ज़त हो सकती है, क्या सहानुभूति हो सकती है? बाहर से धर्म का ढोंग, सदाचार का अभिनय, ज्ञान-विज्ञान का तमाशा किया जाता है और भीतर से यह जघन्य, कुत्सित कर्म! धिक्कार है ऐसे समाज को!! सर्वनाश हो ऐसे समाज का!!!

जिस समाज ने प्रतिभाओं को जीते-जी दफ़नाना कर्तव्य समझा है और गदहों के सामने अंगूर बिखेरने में जिसे आनन्द आता है, क्या ऐसे समाज के अस्तित्व को हमें पल-भर भी बर्दाश्त करना चाहिए? एक ग़रीब माता-पिता हैं। उनको ख़ुद न अपने खाने-पीने का ठिकाना है, न पहनने-ओढ़ने का। उनके घर में एक असाधारण प्रतिभाशाली बालक पैदा होता है। लड़कपन से ही उसे किसी धनी के बच्चे को खेलाना पड़ता है, भेड़-बकरियाँ चराकर पेट पालने के लिए मजबूर होना पड़ता है। माँ-बाप जानते तक नहीं कि लड़के को पढ़ाना-लिखाना भी उनका कर्तव्य है। यदि वे जानते भी हैं, तो न उसके पास फ़ीस देने के लिए पैसा है, न किताब के लिए दाम। लड़का बड़ा होता है, बूढ़ा होता है, मर जाता है और साथ ही अपने साथ प्रतिभा को लिए जाता है जिसके द्वारा वह देश को एक चाणक्य, एक कालीदास,

एक आर्यभट्ट, एक रवीन्द्र, एक रमन दे सकता था। मैंने गाँव के एक अभिनेता को देखा है। यदि वह किसी ऐसे देश में पैदा हुआ होता जहाँ प्रतिभाओं के आगे बढ़ने के सारे रास्ते खुले हैं, तो वहाँ वह प्रथम श्रेणी का जगद्विख्यात अभिनेता होता। लेकिन, आज साठ बरस की अवस्था में इस अशिक्षित व्यक्ति की वह महान प्रतिभा ग्रामीण स्त्री-पुरुष-जीवन के कुछ सजीव चित्रण द्वारा अपने परिचितों का कुछ मनोरंजन मात्र कर सकती है। मैंने ऐसे स्वाभाविक कवि देखे हैं जिन्हें अक्षर का कोई भी ज्ञान नहीं। जिस भाषा को बोलते हैं, उनमें कोई लिखित साहित्य नहीं, कोई आचार्य-परम्परा नहीं, छन्द और अलंकार के परिचय का कोई साधन नहीं, तब भी अपनी भाषा में वे बहुत ही भावपूर्ण, रसपूर्ण कविता कर सकते हैं। शिक्षित जन उनकी कविता को, गँवारू कहकर निरादर करते हैं और इसके कारण वे ख़ुद भी उसे वैसा ही समझते हैं। कवित्व के लिए बाहर से न उन्हें कोई प्रेरणा मिलती है, न प्रोत्साहन, सिर्फ़ अन्तःप्रेरणा से मजबूर होकर वे कभी-कभी कुछ गा लेते हैं। मैं गाँव के एक लड़के के बारे में जानता हूँ। उसकी माँ विधवा है। नाममात्र का थोड़ा-सा खेत पुत्र और माता की जीविका का साधन है। लड़का गाँव की पाठशाला में पढ़ने बैठा। असाधारण मेधावी, गणित में विशेष निपुण। प्राइमरी-स्कूल में उसे छात्रवृत्ति मिली जिसकी सहायता से उसने मिडिल पास किया। वहाँ भी उसने छात्रवृत्ति पायी। यद्यपि पर्याप्त न थी, तो भी किसी तरह वह अपनी पढ़ाई को जारी रख सकता था। मैट्रिक में युक्त प्रान्त से उत्तीर्ण होने वाले कई हज़ार छात्रों में उसका नम्बर दूसरा या तीसरा था। किन्तु जो एक या दो छात्र उसकी अपेक्षा अधिक नम्बर से पास हुए थे, वे धनियों के लाड़ले थे। उनके ऊपर दो-दो, तीन-तीन अध्यापक घर में अलग रखे गए थे। उन्हें हमारे उक्त तरुण की तरह खाने-पीने की चिन्ता न थी। अबकी बार फिर उसे छात्रवृत्ति मिली। वह कॉलेज में पढ़ने लगा। फ़िज़िक्स, केमिस्ट्री और गणित उसके विषय थे। छात्रवृत्ति पर्याप्त न थी। इधर स्वास्थ्य भी इतना अच्छा न रहा। उस पर से एक देहाती जगह से आकर तीव्र विद्यार्थियों के लिए मशहूर एक विश्वविद्यालय में उसने नाम लिखाया था। यहाँ छात्रवृत्तियाँ कम थीं। संयोग से एक ही छात्रवृत्ति के लिए तीन विद्यार्थियों के नम्बर बराबर आ गए। छात्रवृत्ति किसको मिलनी चाहिए, इसका निर्णय करते वक़्त विश्वविद्यालय ने ऐसे दो विषय ले लिए, जिनमें एक और ही छात्र–जो कि एक धनाढ्य की सन्तान था–के एक-दो नम्बर अधिक हो गए। किसी ने इसकी परवाह न की कि उस तरुण

की प्रतिभा–जो घोर दरिद्रता में जन्म लेकर भी कितनी कठिनाइयों को पारकर यहाँ तक पहुँची थी–का भविष्य क्या होगा? मुझे उस तरुण से साल भर बाद मिलने का मौक़ा मिला। मैंने देखा–उसका चेहरा थाइसिस के रोगी जैसा हो गया है। बदन बहुत दुबला-पतला। मैंने कारण पूछा। तरुण ने बहाना बना लिया। उसके चले जाने पर दूसरे साथी ने बतलाया–"उसे इस साल छात्रवृत्ति नहीं मिली। बहुत कहने-सुनने पर फ़ीस माफ़ हो गयी। खाने-पीने के लिए उसने ट्यूशन पाने की बड़ी कोशिश की, लेकिन न मिला। एक-दो दोस्त अपने साथ रखने का आग्रह करते थे, लेकिन इसे वह अपने आत्मसम्मान के ख़िलाफ़ समझता था।" दूसरे दिन अपनी जानकारी को जतलाते हुए मैंने जब तरुण से पूछा तो उसने उत्तर दिया–"हाँ ठीक है। मैंने ट्यूशन के लिए बहुत कोशिश की, कॉलेज के घण्टों को समाप्त करके मैं घण्टों इसी फेर में घूमता रहा। लेकिन कहीं कुछ होते-हवाते न देख मैंने उसे अब छोड़ दिया है।" जिस वक़्त मुझे उस प्रतिभाशाली तरुण की इस उपेक्षा को देखने का मौक़ा मिला और यह भी सुना कि वह सिर्फ़ एक बार थोड़ी-सी खिचड़ी खाकर गुज़ारा करता आ रहा है, तो सच बताऊँ मेरी आँखों में ख़ून उतर आया। मुझे ख़याल आता था–ऐसे समाज को जीने देना पाप है। इस पाखण्डी, धूर्त, बेईमान, ज़ालिम, नृशंस समाज को पेट्रोल डालकर जला देना चाहिए।

एक तरफ़ प्रतिभाओं की इस तरह अवहेलना और दूसरी तरफ़ धनियों के गदहे लड़कों पर आधे दर्जन ट्यूटर लगा-लगाकर ठोक-पीटकर आगे बढ़ाना। मैं एक ऐसे व्यक्ति को जानता हूँ जिसके दिमाग़ में सोलहों आने गोबर भरा हुआ था, लेकिन वह एक करोड़पति के घर पैदा हुआ था। उसके लिए मैट्रिक पास करना भी असम्भव था। लेकिन आज वह एम.ए. ही नहीं है, डॉक्टर है। उसके नाम से दर्जनों किताबें छपी हैं। दूर की दुनिया उसे बड़ा स्कॉलर समझती है। एक बार 'उसकी' एक किताब को एक सज्जन पढ़कर बोल उठे–'मैंने इनकी अमुक किताब पढ़ी थी। उसकी अंग्रेज़ी बड़ी सुन्दर थी; और इस किताब की भाषा तो बड़ी रद्दी है?" उनको क्या मालूम था कि उस किताब का लेखक दूसरा था और इस किताब का दूसरा।

प्रतिभाओं के गले पर इस प्रकार छूरी चलते देखकर जो समाज खिन्न नहीं होता, उस समाज की 'क्षय हो', इसको छोड़ और क्या कहा जा सकता है।

2

तुम्हारे धर्म की क्षय

वैसे तो धर्मों में आपस में मतभेद है। एक पूरब मुँह करके पूजा करने का विधान करता है, तो दूसरा पश्चिम की ओर। एक सिर पर कुछ बाल बढ़ाना चाहता है, तो दूसरा दाढ़ी। एक मूँछ कतरने के लिए कहता है, तो दूसरा मूँछ रखने के लिए। एक जानवर का गला रेतने के लिए कहता है, तो दूसरा एक हाथ से गर्दन साफ़ करने को। एक कुर्ते का गला दाहिनी तरफ़ रखता है, तो दूसरा बाईं तरफ़। एक जूठ-मीठ का कोई विचार नहीं रखता, तो दूसरे के यहाँ जाति के भी बहुत-से चूल्हे हैं। एक ख़ुदा के सिवा दूसरे का नाम भी दुनिया में रहने नहीं देना चाहता, तो दूसरे के देवताओं की संख्या नहीं। एक गाय की रक्षा के लिए जान देने को कहता है, तो दूसरा उसकी क़ुर्बानी से बड़ा सबाब समझता है।

इसी तरह दुनिया के सभी मज़हबों में भारी मतभेद है। ये मतभेद सिर्फ़ विचारों तक ही सीमित नहीं रहे, बल्कि पिछले दो हज़ार वर्षों का इतिहास बतला रहा है कि इन मतभेदों के कारण मज़हबों ने एक-दूसरे के ऊपर ज़ुल्म के कितने पहाड़ ढाए। यूनान और रोम के अमर कलाकारों की कृतियों का आज अभाव क्यों दिखता है? इसलिए कि वहाँ एक मज़हब आया जो ऐसी मूर्तियों के अस्तित्व को अपने लिए ख़तरे की चीज़ समझता था। ईरान की जातीय कला, साहित्य और संस्कृति को नामशेष-सा क्यों हो जाना पड़ा?—क्योंकि, उसे एक

ऐसे मज़हब से पाला पड़ा जो इंसानियत का नाम भी धरती से मिटा देने पर तुला हुआ था। मेक्सिको और पेरू, तुर्किस्तान और अफ़ग़ानिस्तान, मिस्र और जावा—जहाँ भी देखिए, मज़हबों ने अपने को कला, साहित्य, संस्कृति का दुश्मन साबित किया। और ख़ून-ख़राबा? इसके लिए तो पूछिए मत। अपने-अपने ख़ुदा और भगवान के नाम पर, अपनी-अपनी किताबों और पाखण्डों के नाम पर मनुष्य के ख़ून को उन्होंने पानी से भी सस्ता कर दिखलाया।

यदि पुराने यूनानी, धर्म के नाम पर निरपराध ईसाई बच्चे-बूढ़ों, स्त्री-पुरुषों को शेरों से पकड़वाना, तलवार के घाट उतारना बड़े पुण्य का काम समझते थे, तो पीछे अधिकार हाथ आने पर ईसाई भी क्या उनसे पीछे रहे? ईसामसीह के नाम पर उन्होंने खुलकर तलवार का इस्तेमाल किया। जर्मनी में इंसानियत के भीतर लोगों को लाने के लिए क़त्लेआम-सा मचा दिया गया। पुराने जर्मन ओक वृक्ष की पूजा करते थे। कहीं ऐसा न हो कि ये ओक ही उन्हें फिर पथभ्रष्ट कर दें, इसके लिए बस्तियों के आसपास एक भी ओक को रहने न दिया गया। पोप और पेत्रियार्क, इंजील और ईसा के नाम पर प्रतिभाशाली व्यक्तियों के विचार-स्वातन्त्र्य को आग और लोहे के ज़रिए से दबाते रहे। ज़रा से विचार-भेद के लिए कितनों को चर्खी से दबाया गया—कितनों को जीते जी आग में जलाया गया। हिन्दुस्तान की भूमि ऐसी धार्मिक मतान्धता का कम शिकार नहीं रही है। इस्लाम के आने से पहले भी क्या मज़हब ने मन्त्र के बोलने और सुनने वालों के मुँह और कानों में पिघले राँगे और लाख को नहीं भरा? शंकराचार्य ऐसे आदमी—जो कि सारी शक्ति लगा गला फाड़-फाड़कर यही चिल्लाते रहे थे कि सभी ब्रह्म हैं, ब्रह्म से भिन्न सभी चीज़ें झूठी हैं तथा रामानुज और दूसरों के भी दर्शन ज़बानी जमा-ख़र्च से आगे नहीं बढ़े, बल्कि सारी शक्ति लगाकर शूद्रों और दलितों को नीचे दबा रखने में उन्होंने कोई कोर-कसर उठा नहीं रक्खी और इस्लाम के आने के बाद तो हिन्दू-धर्म और इस्लाम के ख़ूँरेज़ झगड़े आज तक चल रहे हैं। उन्होंने तो हमारे देश को अब तक नरक बना रखा है।

कहने के लिए इस्लाम शक्ति और विश्व-बन्धुत्व का धर्म कहलाता है; हिन्दू-धर्म ब्रह्मज्ञान और सहिष्णुता का धर्म बतलाया जाता है; किन्तु क्या इन दोनों धर्मों ने अपने इस दावे को कार्यरूप में परिणत करके दिखलाया? हिन्दू मुसलमानों पर

दोष लगाते हैं कि ये बेगुनाहों का ख़ून करते हैं; हमारे मन्दिरों और पवित्र तीर्थों को भ्रष्ट करते हैं; हमारी स्त्रियों को भगा ले जाते हैं। लेकिन, झगड़े में क्या हिन्दू बेगुनाहों का ख़ून करने से बाज़ आते हैं। चाहे आप कानपुर के हिन्दू-मुस्लिम झगड़े को ले लीजिए या बनारस के, इलाहाबाद के या आगरे के; सब जगह देखेंगे कि हिन्दुओं और मुसलमानों के छुरे और लाठियों के शिकार हुए हैं–निरपराध, अजनबी स्त्री-पुरुष, बूढ़े-बच्चे। गाँव या दूसरे मुहल्ले का कोई अभागा आदमी अनजाने उस रास्ते आ गुज़रा और कोई पीछे से छुरा भोंककर चम्पत हो गया।

सभी धर्म दया का दावा करते हैं, लेकिन हिन्दुस्तान के इन धार्मिक झगड़ों को देखिए, तो आपको मालूम होगा कि यहाँ मनुष्यता पनाह माँग रही है। निहत्थे बूढ़े और बूढ़ियाँ ही नहीं, छोटे-छोटे बच्चे तक मार डाले जाते हैं। अपने धर्म के दुश्मनों को जलती आग में फेंकने की बात अब भी देखी जाती है।

एक देश और एक ख़ून मनुष्य को भाई-भाई बनाते हैं। ख़ून का नाता तोड़ना अस्वाभाविक है, लेकिन हम हिन्दुस्तान में क्या देखते हैं? हिन्दुओं की सभी जातियों में, चाहे आरम्भ में कुछ भी क्यों न रहा हो, अब तो एक ही ख़ून दौड़ रहा है; क्या शकल देखकर किसी के बारे में आप बतला सकते हैं कि यह ब्राह्मण है और यह शूद्र? कोयले से भी काले ब्राह्मण आपको लाखों की तादात में मिलेंगे। और शूद्रों में भी गेहुएँ रंग वालों का अभाव नहीं है। पास-पास में रहने वाले स्त्री-पुरुषों के यौन-सम्बन्ध, जाति की ओर से हज़ार रुकावट होने पर भी, हम आए दिन देखते हैं। कितने ही धनी ख़ानदानों, राजवंशों के बारे में तो लोग साफ़ कहते हैं कि दास का लड़का राजा और दासी का लड़का राजपुत्र। इतना होने पर भी हिन्दू-धर्म लोगों को हज़ारों जातियों में बाँटे हुए हैं। कितने ही हिन्दू, हिन्दू के नाम पर जातीय एकता स्थापित करना चाहते हैं। किन्तु, वह हिन्दू जातीयता है कहाँ? हिन्दू जाति तो एक काल्पनिक शब्द है। वस्तुतः वहाँ हैं ब्राह्मण–ब्राह्मण भी नहीं, शाकद्वीपी, सनाढ्य, जुझौतिया–राजपूत, खत्री, भूमिहार, कायस्थ, चमार आदि-आदि...। एक राजपूत का खाना-पीना, ब्याह-श्राद्ध अपनी जाति तक सीमित रहता है। उसकी सामाजिक दुनिया अपनी जाति तक महमूद है। इसीलिए जब एक राजपूत बड़े पद पर पहुँचता है, तो नौकरी दिलाने, सिफ़ारिश करने या दूसरे तौर से सबसे पहले अपनी जाति के आदमी को फ़ायदा पहुँचाना चाहता है। यह

स्वाभाविक है। जब कि चौबीसों घण्टे मरने-जीने सब में सम्बन्ध रखने वाले अपने बिरादरी के लोग हैं, तो किसी की दृष्टि दूर तक कैसे जाएगी?

कहने के लिए तो हिन्दुओं पर ताना कसते हुए इस्लाम कहता है कि हमने जात-पाँत के बन्धनों को तोड़ दिया। इस्लाम में आते ही सब भाई-भाई हो जाते हैं। लेकिन क्या यह बात सच है? यदि ऐसा होता तो आज मोमिन (जुलाहा), अप्सार (धुनिया), राइन (कुँजड़ा) आदि का सवाल न उठता। अर्जल और अशरफ़ का शब्द किसी के मुँह पर न आता। सैयद-शेख, मलिक-पठान, उसी तरह का ख़याल अपने से छोटी जातियों से रखते हैं, जैसा कि हिन्दुओं के बड़ी जात वाले। खाने के बारे में छूतछात कम है और वह तो अब हिन्दुओं में भी कम होता जा रहा है। लेकिन सवाल तो है–सांस्कृतिक और आर्थिक क्षेत्र में इस्लाम की बड़ी जातों ने छोटी जातों को क्या आगे बढ़ने का कभी मौक़ा दिया? धार्मिक नेता हों, तो बड़ी-बड़ी जातों से; शाही दरबारों और सरकारी नौकरियाँ सभी जगहें बड़ी जातों के लिए सुरक्षित रहीं। ज़मींदार, ताल्लुकेदार, नवाब सभी बड़ी जातों के हैं। हिन्दुस्तानियों में से चार-पाँच करोड़ आदमियों ने हिन्दुओं के सामाजिक, आर्थिक और धार्मिक अत्याचारों से त्राण पाने के लिए इस्लाम की शरण ली। लेकिन, इस्लाम की बड़ी जातों ने क्या उन्हें वहाँ पनपने दिया? सात सौ बरस बाद भी आज गाँव का मोमिन ज़मींदारों और बड़ी जातों के ज़ुल्म का वैसा ही शिकार है, जैसा कि उसका पड़ोसी कानू-कुर्मी। हिन्दुओं से झगड़कर अंग्रेजों की ख़ुशामद करके कौंसिलों की सीटों, सरकारी नौकरियों में अपने लिए संख्या सुरक्षित करायी जाती है। लेकिन जब उस संख्या को अपने भीतर वितरण करने का अवसर आता है, तब उनमें से प्रायः सभी को बड़ी जाति वाले सैयद और शेख अपने हाथ में ले लेते हैं। साठ-साठ, सत्तर-सत्तर फ़ीसदी संख्या रखने वाले मोमिन और अंसार मुँह ताकते रह जाते हैं। बहाना किया जाता है कि उनमें उतनी शिक्षा नहीं। लेकिन सात सौ और हज़ार बरस बाद भी यदि वे शिक्षा में इतने पिछड़े हुए हैं, तो इसका दोष किसके ऊपर है? उन्हें कब शिक्षित होने का अवसर दिया गया? जब पढ़ाने का अवसर आया, छात्रवृत्ति देने का मौक़ा आया, तब तो ध्यान अपने भाई-बन्धुओं की तरफ़ चला गया। मोमिन और अंसार, बावर्ची और चपरासी, ख़िदमतगार और हुक्काबरदार के काम के लिए बने हैं। उनमें से कोई यदि शिक्षित हो भी जाता है, तो उसकी सिफ़ारिश के

लिए अपनी जाति में तो वैसा प्रभावशाली व्यक्ति है नहीं; और, बाहर वाले अपने भाई-बन्धु को छोड़कर उन पर तरजीह क्यों देने लगे? नौकरियों और पदों के लिए इतनी दौड़-धूप, इतनी जद्दोजहद सिर्फ़ ख़िदमते-क़ौम और देश सेवा के लिए नहीं है, यह है रुपयों के लिए, इज़्ज़त और आराम की ज़िन्दगी बसर करने के लिए।

हिन्दू और मुसलमान फ़रक़-फ़रक़ धर्म रखने के कारण क्या उनकी अलग जाति हो सकती है? जिनकी नसों में उन्हीं पूर्वजों का ख़ून बह रहा है जो इसी देश में पैदा हुए और पले, फिर दाढ़ी और चुटिया, पूरब और पश्चिम की नमाज़ क्या उन्हें अलग क़ौम साबित कर सकती है? क्या ख़ून पानी से गाढ़ा नहीं होता? फिर हिन्दू और मुसलमान के फ़रक़ से बनी इन अलग-अलग जातियों को हिन्दुस्तान से बाहर कौन स्वीकार करता है? जापान में जाइए या जर्मनी, ईरान जाइए या तुर्की, सभी जगह हमें हिन्दी और ‘इण्डियन’ कहकर पुकारा जाता है।

जो धर्म-भाई को बेगाना बनाता है, ऐसे धर्म को धिक्कार! जो मज़हब अपने नाम पर भाई का ख़ून करने के लिए प्रेरित करता है, उस मज़हब पर लानत! जब आदमी चुटिया काट दाढ़ी बढ़ाने भर से मुसलमान और दाढ़ी मुड़ा चुटिया रखने मात्र से हिन्दू मालूम होने लगता है, तो इसका मतलब साफ़ है कि यह भेद सिर्फ़ बाहरी और बनावटी है। एक चीनी चाहे बौद्ध हो या मुसलमान, ईसाई हो या कनफूसी, लेकिन उसकी जाति चीनी रहती है; एक जापानी चाहे बौद्ध हो या शिन्तो-धर्मी, लेकिन उसकी जाति जापानी रहती है; एक ईरानी चाहे वह मुसलमान हो या जरतुस्ती, किन्तु वह अपने लिए ईरानी छोड़ दूसरा नाम स्वीकार करने के लिए तैयार नहीं। तो हम-हिन्दियों के मज़हब को टुकड़े-टुकड़े में बाँटने को क्यों तैयार हैं और इन नाजायज़ हरकतों को हम क्यों बर्दाश्त करें?

धर्मों की जड़ में कुल्हाड़ा लग गया है; और इसलिए अब मज़हबों के मेलमिलाप की बातें कभी-कभी सुनने में आती हैं। लेकिन, क्या यह सम्भव है? “मज़हब नहीं सिखाता आपस में बैर रखना”–इस सफ़ेद झूठ का क्या ठिकाना! अगर मज़हब बैर नहीं सिखाता तो चोटी-दाढ़ी की लड़ाई में हज़ार बरस से आज तक हमारा मुल्क पामाल क्यों है? पुराने इतिहास को छोड़ दीजिए, आज भी हिन्दुस्तान के शहरों और गाँवों में एक मज़हब वालों को दूसरे मज़हब वालों के ख़ून का प्यासा कौन बना रहा है? कौन गाय खाने वालों को लड़ा रहा है। असल

बात यह है–"मज़हब तो है सिखाता आपस में बैर रखना। भाई को है सिखाता भाई का ख़ून पीना।" हिन्दुस्तानियों की एकता मज़हबों के मेल पर नहीं होगी, बल्कि मज़हबों की चिता पर। कौए को धोकर हंस नहीं बनाया जा सकता। कमली को धोकर रंग नहीं चढ़ाया जा सकता। मज़हबों की बीमारी स्वाभाविक है। उसका, मौत को छोड़कर, कोई इलाज नहीं।

एक तरफ़ तो ये मज़हब एक-दूसरे के इतने ज़बरदस्त ख़ून के प्यासे हैं। उनमें से हरएक एक-दूसरे के ख़िलाफ़ शिक्षा देता है। कपड़े-लत्ते, खाने-पीने, बोली-बानी, रीति-रिवाज में हरएक एक-दूसरे से उल्टा रास्ता लेता है। लेकिन, जहाँ ग़रीबों को चूसने और धनियों की स्वार्थ-रक्षा का प्रश्न आ जाता है; तो दोनों बोलते हैं। गदहा-गाँव के महाराज बेवक़ूफ़ बख़श सिंह सात पुश्त से पहले दर्जे के बेवक़ूफ़ चले आते हैं। आज उनके पास पचास लाख सालाना आमदनी की ज़मींदारी है जिसको प्राप्त करने में न उन्होंने एक धेला अक्ल ख़र्च की और न अपनी बुद्धि के बल पर उसे छः दिन चला ही सकते हैं। न वे अपनी मेहनत से धरती से एक छटाँक चावल पैदा कर सकते हैं, न एक कंकड़ी गुड़। महाराज बेवक़ूफ़ बख़श सिंह को यदि चावल, गेहूँ, घी, लकड़ी के ढेर के साथ एक जंगल में अकेले छोड़ दिया जाए, तो भी उनमें न इतनी बुद्धि है और न उन्हें काम का ढंग मालूम है कि अपना पेट भी पाल सकें; सात दिन में बिल्ला-बिल्लाकर ज़रूर वे वहीं मर जाएँगे। लेकिन आज गदहा गाँव में महाराज दस हज़ार रुपया महीना तो मोटर के तेल में फूँक डालते हैं। बीस-बीस हज़ार रुपये जोड़े कुत्ते उनके पास हैं। दो लाख रुपये लगाकर उनके लिए महल बना हुआ है। उन पर अलग डॉक्टर और नौकर हैं। गर्मियों में उनके घरों में बरफ़ के टुकड़े और बिजली के पंखे लगते हैं। महाराज के भोजन-छाजन की तो बात ही क्या? उनके नौकरों के लिए नौकर भी घी-दूध में नहाते हैं, और जिस रुपये को इस प्रकार पानी की तरह बहाया जाता है, वह आता कहाँ से है? उसके पैदा करने वाले कैसी ज़िन्दगी बिताते हैं?–वे दाने-दाने को मुहताज हैं। उनके लड़कों को महाराज बेवक़ूफ़ बख़श के कुत्तों का जूठा भी यदि मिल जाए, तो वे अपने को धन्य समझें।

लेकिन, यदि किसी धर्मानुयायी से पूछा जाए कि ऐसे बेवक़ूफ़ आदमी को बिना हाथ-पैर हिलाए दूसरे की कसाले की कमाई को पागल की तरह फेंकने

का क्या अधिकार है तो पण्डित जी कहेंगे–“अरे वे तो पूर्व की कमाई खा रहे हैं। भगवान की ओर से वे बड़े बनाए गए हैं। शास्त्र-वेद कहते हैं कि बड़े-छोटे के बनाने वाले भगवान हैं। ग़रीब दाने-दाने को मारा-मारा फिरता है, यह भगवान की ओर से उसको दण्ड मिला है।” यदि किसी मौलवी या पादरी से पूछिए तो जवाब मिलेगा–“क्या तुम काफ़िर हो, नास्तिक तो नहीं हो? अमीर-ग़रीब दुनिया का कारबार चलाने के लिए ख़ुदा ने बनाए हैं। राज़ी-ब-रज़ा ख़ुदा की मर्ज़ी में इंसान का दख़ल देने का क्या हक़? ग़रीबी को न्यामत समझो। उसकी बन्दगी और फ़रमाबरदारी बजा लाओ, क़यामत में तुम्हें इसकी मज़दूरी मिलेगी।” पूछा जाए–जब बिना मेहनत ही के महाराज बेवक़ूफ़ बख़्श सिंह धरती पर ही स्वर्ग आनन्द भोग रहे हैं तो ऐसे ‘अन्धेर नगरी चौपट राजा’ के दरबार में बन्दगी और फ़रमाबरदारी से कुछ होने-हवाने की क्या उम्मीद?

उल्लू शहर के नवाब नामाकूल ख़ाँ भी बड़े पुराने रईस हैं। उनकी भी ज़मींदारी है और ऐशोआराम में बेवक़ूफ़ बख़्श सिंह से कम नहीं हैं। उनके पाख़ाने की दीवारों में अतर चुपड़ा जाता है और गुलाब-जल से उसे धोया जाता है। सुन्दरियों और हुस्न की परियों को फँसा लाने के लिए उनके सैंकड़ों आदमी देश-विदेशों में घूमा करते हैं। यह परियाँ एक ही दीदार में उनके लिए बासी हो जाती हैं। पचासों हकीम, डॉक्टर और वैद्य उनके लिए जौहर कुश्ता और रसायन तैयार करते रहते हैं। दो-दो साल की पुरानी शराबें पेरिस और लन्दन के तहख़ानों से बड़ी-बड़ी क़ीमत पर मँगाकर रक्खी जाती हैं। नवाब बहादुर का तलवा इतना लाल और मुलायम है जितनी इन्द्र की परियों की जीभ भी न होगी। इनकी पाशविक काम-वासना की तृप्ति में बाधा डालने के लिए कितने ही पति तलवार के घाट उतारे जाते हैं, कितने ही पिता झूठे मुक़दमों में फँसाकर क़ैदख़ाने में सड़ाए जाते हैं। साठ लाख सालाना आमदनी भी उनके लिए काफ़ी नहीं है। हर साल दस-पाँच लाख रुपया और क़र्ज़ हो जाता है। आपको G.C.S.I., G.C.I.E., फ़र्ज़न्द-ख़ास फ़िरंग–आदि बड़ी-बड़ी उपाधियाँ सरकार की ओर से मिली हैं। वायसराय के दरबार में सबसे पहले कुर्सी इनकी होती है और उनके स्वागत में व्याख्यान देने और अभिनन्दन-पत्र पढ़ने का काम हमेशा उल्लू शहर के नवाब बहादुर और गदहा-गाँव के महाराजा बहादुर को मिलता है। छोटे और

बड़े दोनों लाट इन दोनों रईसुल उमरा की बुद्धिमानी, प्रबन्ध की योग्यता और रियाया-परवरी की तारीफ़ करते नहीं अघाते।

नवाब बहादुर की अमीरी को ख़ुदा की बरकत और कर्म का फल कहने में पण्डित और मौलवी, पुरोहित और पादरी सभी एक राय हैं। रात-दिन आपस में तथा अपने अनुयायियों में ख़ून-ख़राबी का बाज़ार गर्म रखने वाले, अल्लाह और भगवान यहाँ बिलकुल एक मत रखते हैं। वेद और क़ुरान, इंजील और बायबिल की इस बारे में सिर्फ़ एक शिक्षा है। ख़ून-चूसने वाली इन जोंकों के स्वार्थ की रक्षा ही मानो इन धर्मों का कर्तव्य हो। और मरने के बाद भी बहिश्त और स्वर्ग के सबसे अच्छे महल, सबसे सुन्दर ब़गीचे, सबसे बड़ी आँखों वाली हूरें और अप्सराएँ, सबसे अच्छी शराब और शहद की नहरें उल्लू शहर के नवाब बहादुर तथा गदहा-गाँव के महाराज और उनके भाई-बन्धुओं के लिए रिज़र्व हैं, क्योंकि उन्होंने दो-चार मस्जिदें, दो-चार शिवाले बना दिए हैं; कुछ साधु-फ़क़ीर और ब्राह्मण-मुजावर रोज़ाना उनके यहाँ हलवा-पूड़ी, कबाब-पुलाव उड़ाया करते हैं।

ग़रीबों की ग़रीबी और दरिद्रता के जीवन का कोई बदला नहीं। हाँ, यदि वे हर एकादशी के उपवास, हर रमज़ान के रोज़े तथा सभी तीरथ-व्रत, हज और ज़ियारत बिना नागा और बिना बेपरवाही से करते रहे, अपने पेट को काटकर यदि पण्डे-मुजावरों का पेट भरते रहे, तो उन्हें भी स्वर्ग और बहिश्त के किसी कोने की कोठरी तथा बची-खुची हूर-अप्सरा मिल जाएगी। ग़रीबों को बस इसी स्वर्ग की उम्मीद पर अपनी ज़िन्दगी काटनी है। किन्तु जिस बहिश्त की आशा पर ज़िन्दगी भर के दुःख के पहाड़ों को ढोना है, उस बहिश्त का अस्तित्व ही आज बीसवीं सदी के इस भूगोल में कहीं नहीं है। पहले ज़मीन चपटी थी। सरग इसके उत्तर के उन सात पहाड़ों और सात-समुद्रों के पार था। आज तो न उस चपटी ज़मीन का पता है और न उत्तर के उन सात पहाड़ों और सात समुद्रों का। जिस सुमेरु के ऊपर इन्द्र की अमरावती क्षीरसागर के भीतर शेषशायी भगवान थे, वह अब सिर्फ़ लड़कों के दिल बहलाने की कहानियाँ मात्र हैं। ईसाइयों और मुसलमानों के बहिश्त के लिए भी उसी समय के भूगोल में स्थान था। आजकल के भूगोल ने तो उनकी जड़ ही काट दी है। फिर उस आशा पर लोगों को भूखों रखना क्या भारी धोखा नहीं है!

3

तुम्हारे भगवान की क्षय

लड़का माँ के पेट से ईश्वर का ख़याल लेकर नहीं निकलता। भूत, प्रेत तथा दूसरे संस्कारों की तरह ईश्वर का ख़याल भी लड़के को माँ-बाप तथा आसपास के सामाजिक वातावरण से मिलता है। दुनिया के धर्मों में बौद्धधर्म के अनुयायी अब भी सबसे ज़्यादा हैं, लेकिन उनके दिल में सृष्टिकर्ता का ख़याल भी नहीं उठता। रूस की नब्बे फ़ीसदी जनता भी ईश्वर के फन्दे से दूर हट चुकी है और अब कुछ बूढ़ों को छोड़कर यह ख़याल किसी को नहीं सताता। यह निश्चय है कि आज के बूढ़ों के मर जाने पर ईश्वर का नामलेवा वहाँ कोई नहीं रह जाएगा। हिन्दुस्तान में प्रार्थना-प्रदर्शनों और हरि-कीर्तनों को देखकर कुछ लोग समझते हैं कि ईश्वर का ख़याल फिर से ज़ोर पकड़ रहा है। उन्हें मालूम नहीं कि जिन लोगों में ईश्वर-विश्वास है भी, उनमें भी अब उसकी व्यापकता बहुत कम हो गयी है।

जिस समस्या, जिस प्रश्न, जिस प्राकृतिक रहस्य को जानने में आदमी अपने को असमर्थ समझता था, उसी के लिए वह ईश्वर का ख़याल कर लेता था। दरअसल ईश्वर का ख़याल है भी तो अन्धकार की उपज। प्रारम्भिक मनुष्य जब घर बनाकर नहीं रहता था, अपनी रक्षा के लिए जब उसके पास कुछ अनगढ़ पत्थरों के अतिरिक्त कुछ न था और साथ ही उस वक़्त सारी भूमि जंगल से भरी थी जिसमें सिंह, बाघ, हाथी, भेड़िया आदि बड़े-बड़े हिंस्र पशु घूमा करते थे। दिन

में भी वृक्षों के ऊपर चढ़कर, गुफाओं के भीतर छिपकर, बहुत सजग रहकर वह किसी तरह अपनी जान को बचाता था। अंधेरे में अपनी ताक में बैठे जन्तुओं का डर तो उसे बदहवास किए रहता था। इस प्रकार, वह अन्धकार प्राकृतिक मनुष्य के लिए आज तक भय का कारण बना हुआ है। हाँ, जब आगे चलकर मनुष्य ने भाषा का विकास किया, विचारों को प्रकट करने के लिए उसके पास कुछ शब्दकोश बना और जब हर पीढ़ी अपने अनुभवों की कटु स्मृतियों को अगली पीढ़ी तक पहुँचाने लगी तो वास्तविक की अपेक्षा कल्पना-जात भय की संख्या बहुत बढ़ गयी। जीवन भर अपने बलिष्ठ शासक और नेता से मनुष्य थर-थर काँपता था। वह अपने आश्रितों के साथ बात की अपेक्षा लात से ही काम लेता था। इस साधारण शिक्षा-दीक्षा में कितने काने, कितने लँगड़े हो जाते और कितने जान से हाथ धो बैठते थे। ऐसे निर्दय स्वामी और मुखिया का भय उसके मरने के बाद भी लोगों के दिल से नहीं हटता था। मरने के बाद उसे वे अपनी बस्तियों में किसी वृक्ष पर या किसी चबूतरे पर अधिष्ठित मानने लगते थे। अंधेरा होने पर किसी वक़्त उसके प्रकट होने का डर था। अज्ञात भय ने इस प्रकार देवता का रूप धारण किया। और ये ही विचार आगे चलकर महान देवता (महादेव) या ईश्वर के रूप में परिणत हुए।

प्रारम्भिक मनुष्य का मानसिक विकास अभी निम्न तल पर था। उसकी शंकाएँ हल्की और समाधान सरल थे। वर्षा क्यों होती है? पर्जन्य देवता के नेतृत्व में मेघ-समूह किसी जलाशय या पहाड़ में चरने जाते हैं, वे वहाँ से पानी लेकर पर्जन्य के आज्ञानुसार जगह-जगह बरसाते हैं। इन्द्र पर्जन्य का स्वामी है। वह कभी-कभी वज्र को चलाकर अपना रोष प्रकट करता है। यही अशनि या बिजली है। पहाड़ों की आकृति को मेघ से मिलते-जुलते देखकर उस समय लोग समझते थे ये पहाड़ ही हैं जो आकाश में मेघ के रूप में उड़ रहे हैं। उनके विश्वास में पर्वतों के पर भी होते थे, जिन्हें इन्द्र ने नाराज़ होकर किसी समय अपने वज्र से काट दिया। प्रातःकाल पूर्व दिशा में पौ फटने के साथ लाली क्यों छा जाती है? यह उषा, स्वर्ग की देवी का प्रताप है। उस वक़्त सूर्य अपने प्रखर प्रकाश के कारण प्रचण्ड देवता था और वह सात घोड़ों के रथ पर त्रिभुवन की यात्रा के लिए निकलता था। आग के पास बड़े-बड़े हिंस्र पशु नहीं आ सकते। प्रकाण्ड

वृक्षों और महान (ब्रह्म) जंगलों को यह धाँय-धाँय करके जला देती है। इसलिए अग्नि प्रत्यक्ष था, उसी को वे प्रत्यक्ष महान कहते थे। नदी, समुद्र सभी उस मनुष्य के लिए देवता थे क्योंकि उनमें वे अमानुषिक (दिव्य) शक्ति पाते थे, नाश करने की भीषण योग्यता देखते थे। उनमें ऐसे-ऐसे अद्भुत रहस्य उन्हें दिखलायी पड़ते थे जिनकी गुत्थी को वह देवता की कल्पना से ही सुलझा सकते थे। मनुष्य ने प्राकृतिक शक्तियों में बहुदेववाद को अपने ज्ञान की सीमा के बहुत संकुचित होने के कारण स्वीकार किया था। अब हम जानते हैं कि बादल कैसे बनते हैं, कैसे बरसते हैं, कहाँ से किधर की यात्रा करते हैं। कौन-कौन से देश उनकी यात्रा-मार्ग में पड़ते हैं और कौन से दूर। बिजली बादलों में क्योंकर पैदा होती है? कड़क क्या है? सूर्य अब हमारे लिए घोड़ों के रथ का सवार नहीं रहा और न उसका वह गोल मुँह, दो आँखों और काली मूँछों वाला चेहरा ही रहा। उसकी यात्रा भी अब वह पहले वाली यात्रा नहीं रही, उषा देवी अब सूर्य की निम्नतर लाल किरण के अतिरिक्त कुछ नहीं है। आरम्भिक मनुष्य के लिए सूर्य आकाश का सबसे बड़ा विशाल और तेजस्वी देवता था। अब हम जानते हैं कि आकाश में चमकते हुए ये छोटे-छोटे तेजो बिन्दु उतने छोटे नहीं हैं जितने कि वे हमें दिखलायी पड़ते हैं। उनमें से अधिकांश हमारे सूर्य से भी लाखों गुने बड़े और तेजस्वी हैं। आकाश को अनन्त कहकर पूर्वजों ने उसके विस्तार का एक अन्दाज़ा लगा लिया था, लेकिन वह अत्यन्त वास्तविकता की भित्ति पर न होकर अधिकतर अज्ञान के आधार पर आश्रित था। प्रकाश की गति प्रति सेकेण्ड एक लाख अस्सी हज़ार मील है। आज तक जो तारा हमसे सबसे नज़दीक मालूम हुआ है; वह इतनी दूर है कि उसकी किरण को हम तक पहुँचने में ढाई बरस लगते हैं। ध्रुव तारा हमसे बहुत दूर नहीं है, तो भी उसके जिस रूप को हम इस वक़्त देख रहे हैं, वह आज से पचास बरस पहले का है। दस-दस बीस-बीस हज़ार बरस में अपनी किरणों को हम तक पहुँचाने वाले तारों की भारी संख्या से हमें आश्चर्य करने की ज़रूरत नहीं। नक्षत्र-मण्डल में ऐसे भी तारे हैं जिनकी दूरी को किरणों की यात्रा के वर्षों की संख्या में बतलाना मुश्किल है। तारों, खगोल और प्राकृतिक जगत्-सम्बन्ध की अपनी इस अज्ञानता को मनुष्य देवता और ईश्वर की आड़ में छिपाता था।

भूकम्प क्यों होता है? चिपटी धरती के महान भार को शेषनाग ने अपने कन्धे पर उठा रखा है। थककर वे जब उसे एक कन्धे से हटाकर दूसरे पर रखते हैं, तब भूकम्प आता है। आज कौन इस व्याख्या को मान सकता है? कौन चन्द्रमा और सूर्य के ग्रहण को राहु दैत्य का अत्याचार बतला सकता है? लेकिन किसी समय हमारे पूर्वजों के लिए ये बातें ध्रुव सत्य थीं।

विज्ञान ने हमारे अज्ञान की सीमा को कितनी ही दिशाओं में बहुत संकुचित किया है; और, जितनी ही दूर तक हमारे ज्ञान की सीमा बढ़ती गयी, वहाँ से ईश्वर और देवता वाला उत्तर हटता गया है। अब भी अज्ञान का क्षेत्र बहुत लम्बा-चौड़ा है, लेकिन आज के मनीषी उसे साफ़ अज्ञान के रूप में स्वीकार करने के लिए तैयार हैं, न कि ईश्वर और देवता के पर्दे में उसे छिपाकर।

धर्मों, भाषाओं और कथानकों के तुलनात्मक अध्ययन से मालूम होता है कि सृष्टिकर्ता एक ईश्वर का ख़याल मनुष्य में बहुत पीछे से आया है। दुनिया की सबसे अधिक समुन्नत जातियाँ–यूनानी, रोमन, हिन्दू, चीनी, मिड्डी आदि तो अपनी समृद्धि के मध्याह्नकाल तक इसे अपनाने के लिए तैयार नहीं हुईं; और उनमें से यदि किसी ने इस ख़याल को माना भी तो सामीय धर्मवालों की तरह वैयक्तिक ईश्वर के रूप में नहीं, बल्कि विश्व-रूप ईश्वर के आकार में।

अज्ञान का दूसरा नाम ही ईश्वर है। हम अपने अज्ञान को साफ़ स्वीकार करने में शर्माते हैं, अतः उसके लिए सम्भ्रान्त नाम ‘ईश्वर’ ढूँढ़ निकाला गया है। ईश्वर-विश्वास का दूसरा कारण मनुष्य की असमर्थता और बेबसी है।

आए दिन हर तरह की विपत्तियों, प्राकृतिक दुर्घटनाओं, शारीरिक और मानसिक बीमारियों की असह्य वेदना सहते-सहते जब मनुष्य बचने का कोई रास्ता नहीं देखता, तब यह कहकर सन्तोष करना चाहता है कि ईश्वर की यही मर्ज़ी है; वह जो कुछ करता है, अच्छा करता है; वह हमारी परीक्षा ले रहा है, भविष्य के सुख को और भी मधुर बनाने के लिए उसने यह प्रबन्ध किया है।

अज्ञान और असमर्थता के अतिरिक्त यदि कोई और भी आधार ईश्वर-विश्वास के लिए है, तो वह है धनिकों और धूर्तों की अपनी स्वार्थ-रक्षा का प्रयास। समाज में होते हज़ारों अत्याचारों और अन्यायों को वैध साबित करने के लिए उन्होंने

ईश्वर का बहाना ढूँढ़ निकाला है। धर्म की धोखाधड़ी को चलाने और उसे न्याय साबित करने के लिए ईश्वर का ख़याल बहुत सहायक है।

इस सम्बन्ध में धर्म के प्रकरण में हम कुछ कह आए हैं, इसलिए फिर से उसे यहाँ दुहराने की आवश्यकता नहीं जान पड़ती।

ईश्वर का विश्वास एक छोटे बच्चे के भोले-भाले विश्वास से बढ़कर कुछ नहीं है। अन्तर इतना ही है कि छोटे बच्चे का शब्दकोष, दृष्टान्त और तर्कशैली सीमित होती है और बड़ों की कुछ विकसित। बस, इसी विशेषता का फ़र्क़ हम दोनों में पाते हैं। एक बार, तीन छोटे-छोटे बच्चों ने मुझसे ईश्वर के सम्बन्ध में बातचीत की। उनकी उमर सात और दस बरस के बीच की थी। पूछा कि ईश्वर कहाँ रहता है, उत्तर मिला–"आकाश में?" धरती में कहने से प्रत्यक्ष दिखलाने की ज़रूरत पड़ती, क्योंकि धरती प्रत्यक्ष की सीमा के भीतर है। आकाश अज्ञान की सीमा के अन्तर्गत है, इसलिए वहाँ उसका अस्तित्व अधिक सुरक्षित है। ईश्वर के रंग-रूप के बारे में लड़कों का एक मत न था। कोई उसे अपनी शक्ल का बतलाते थे और कोई विचित्र शक्ल का। "ईश्वर क्या करता है?"–यह सबसे मुख्य प्रश्न था। इसे लड़के भी अनुभव करते थे, क्योंकि जिस वस्तु का आकार प्रत्यक्ष नहीं होता, उसकी सत्ता उसकी क्रिया से सिद्ध हो सकती है। लड़कों ने कहा–"वह हमें भोजन देता है।" "और तुम्हारे बाबूजी?"–"बाबूजी को ईश्वर देता है।"

"जिस दिन बाबूजी कचहरी में वकालत करने नहीं जाते, उस दिन क्यों नहीं उनके जेब में रुपये आ जाते?" लड़कों को समाज के दुरूह संगठन का उतना पता नहीं होता और जुए के खेल की तरह किस तरह वास्तविक न्याय न करके सौ रुपये को हराकर दो को जिताया जाता है, इसका भी उन्हें पता नहीं। इसलिए उन्होंने उस तरह के प्रश्नोत्तर नहीं उठाए। हाँ, उन्हें यह मालूम हो गया कि जहाँ तक खाने-कपड़े, मकान, खेल-तमाशे में ख़र्च देने का सवाल है, उसका हल माता-पिता और अभिभावकों द्वारा ही होता है। वहाँ ईश्वर की सहायता सन्दिग्ध-सी जान पड़ती है। लेकिन, जब उनसे पूछा गया–"तुम्हें सिरदर्द कौन देता है–माँ-बाप या सगे-सम्बन्धी?"–वे तो विह्वल हो जाते

हैं, "अम्मा और बाबूजी क्यों ऐसा चाहेंगे?" वहाँ ईश्वर का हाथ होना उन्हें आसानी से स्वीकार कराया जा सका।

"और पेटदर्द?"– "ईश्वर देता है।"

"यक्ष्मा से घुला-घुला कर तुम्हारे पड़ोसी को किस ने मारा?"– "ईश्वर ने।"

"सात दिन के बच्चे की माँ को मारकर कौन उसे अनाथ करता है?"– "ईश्वर।"

"माँ के एकलौते बच्चे को मारकर कौन उसे ऐसा विलाप करने को मजबूर करता है जिसे सुनकर पशु-पक्षी और पत्थर तक का हृदय पिघल जाता है?"– "ईश्वर।"

"चैत-वैशाख के दिनों में एक-एक आम के ऊपर दस-दस करोड़ कीड़ों को सिर्फ़ धूप और हवा में मरने का मज़ा चखने के लिए कौन पैदा करता है? कौन बरसात के दिनों में धरती पर असंख्य मच्छरों, कीड़ों-मकोड़ों को तड़प-तड़पकर मरने के लिए पैदा करके अपनी असीम दया का परिचय देता है?"– "ईश्वर।"

"तब तो उसमें दया बिलकुल नहीं। उतनी भी दया नहीं, जितनी कि क्रूर से क्रूर आदमी में सम्भव हो सकती है। रोते-तड़पते बच्चे को देखकर पत्थर का दिल भी पिघल जाता है। तुम भी उसकी माँ को उस दिन नन्हे बच्चे के मरने पर रोती देखकर अफ़सोस करते थे कि नहीं?"

"मैं भी रो रहा था। कैसा सुन्दर लड़का, उसका गोल-मटोल चेहरा, बड़ी-बड़ी आँखें और बिना दँतुली के मुँह के हँसते वक़्त बालों में पड़े गड्ढे अब भी बड़े सुन्दर याद आते हैं।"

"ऐसे बच्चे को मारने वाला कौन—आदमी या राक्षस?"– "राक्षस से भी ख़राब।"

हाँ, दुनिया में प्राणियों के सुख की घड़ियाँ कम और दुःख की अधिक हैं। एक मच्छरों की ही योनि ले ली जाए, तो उसकी संख्या शंख-महाशंख से भी ऊपर चली जाएगी और इस तरह की योनियाँ भी हमारी इस पृथ्वी पर अरबों होंगी। अत्यन्त छोटे, दूरबीन से दिखायी देने वाले कीड़े से लेकर समुद्र की विशाल मछलियों तक अरबों योनियाँ हैं। उनमें अधिकांश शंख-महाशंख तक प्राणी अपने में रखती हैं। कहा जाता है कि जो मनुष्य यहाँ, इस लोक में, निकृष्ट

कर्म करता है, वही परलोक या परजन्म में इन निकृष्ट योनियों में, दण्ड पाने के लिए पैदा होता है; पर यह बात टिकती नहीं, क्योंकि इस पृथ्वी पर मनुष्य की सारी संख्या डेढ़ अरब के ही आस-पास है। फिर डेढ़ अरब मनुष्यों के पुरबीले कर्म को भोगने के लिए इतनी अधिक संख्या में जीव कैसे पैदा हो सकते हैं? ईश्वर ने इन असंख्य जीवों को सिर्फ़ यन्त्रणा और कष्ट के लिए पैदा करके क्या अपनी कृपा का परिचय दिया है? इंसाफ़ तो उसमें छू नहीं गया, बल्कि उसके इस कर्म से तो यही पता लगता है कि उससे बढ़कर ज़ालिम और पाषाण-हृदय दुनिया में और कहीं नहीं मिल सकता। शेर भी हिरण का शिकार करता है, अपनी भूख को दूर करने के लिए; छिपकली पतिंगे को दबोचती है, पेट भरने के लिए। सभी जीवधारी दूसरे जीव को आत्मरक्षा और जीवन-धारण के लिए मारते हैं। भरसक तड़पा-तड़पाकर मारना भी पसन्द नहीं करते! लेकिन ईश्वर जिनको मारता है, क्या उनके माँस से वह अपनी भूख शान्त करता है, या आत्मरक्षा के लिए उसे वैसे करना आवश्यक मालूम होता है? इन दोनों के न होने पर सिर्फ़ खेल के लिए ऐसा घोर कृत्य ईश्वर को क्या बतलाता है?

4

तुम्हारे सदाचार की क्षय

1. व्यभिचार

सद्-आचार अर्थात श्रेष्ठ पुरुषों का आचार। श्रेष्ठ किसे कहते हैं? क्या श्रेष्ठ की कोटि में उस ग़रीब की गिनती हो सकती है जो ईमानदारी से की गयी अपनी कमाई को खाने का हक़ न रखकर दाने-दाने को मुहताज है? नहीं, श्रेष्ठ से मतलब है पुराने-नये राजा, राजऋषि, बड़े-बड़े राजाओं के पुरोहित और गुरु-ऋषि-मुनि; जिन्होंने कि सदाचार-प्रतिपादक शास्त्र और स्मृतियाँ बनायी हैं। श्रेष्ठ से मतलब है पीर-पैगम्बर, मूसा दाऊद से, जो कि ख़ुद राजा या शासक थे, अथवा किसी दूसरे तरीक़े से बहुत जन-धन के स्वामी बन गये थे। ऐसे 'श्रेष्ठ' पुरुषों का चाल-व्यवहार तो दुनिया का सदाचार बना हुआ है। उनके सदाचार भी एक तरह के नहीं हैं। कहीं सोलह-सोलह हज़ार स्त्रियाँ कृष्ण और दशरथ जैसे सदाचारियों के यहाँ बतलायी जाती हैं। सुलेमान, दाऊद तथा दूसरे सामीय पैगम्बर भी इस बारे में बहुत 'उदार' थे। आज भी हमारे यहाँ वाजिद अली शाहों की कमी नहीं है। अभी हाल ही में एक महाराजा मरे हैं जो कि इस बारे में दूसरे वाजिद अली शाह थे। सच तो यह है कि यदि धनिक ही हमारे सदाचार के आदर्श माने जाएँ, तो ऐसे सदाचार का तो न रहना ही भला है। एक पुरुष एक स्त्री के रहते दो-दो,

चार-चार और अधिक विवाह भी कर सकता है, तो भी हिन्दू और इस्लाम धर्म के अनुसार उसके सदाचारी होने में कोई शंका नहीं उठ सकती, लेकिन इन धर्मों के अनुसार इसी स्वतन्त्रता को लेकर यदि कोई स्त्री एक साथ दो पति रखे तो वह दुराचार हो जाएगा। आख़िर दुनिया में ऐसे भी देश हैं जहाँ एक स्त्री का एक साथ कई पति रखना ज़रा भी अनुचित नहीं समझा जाता। तिब्बत में यह प्रथा आम है। वहाँ शायद ही कोई स्त्री मिलेगी जिसके अनेक पति न हों और, यह बात तो हमारे पुराने इतिहास में भी मिलती है। पाँच पति रखने पर भी द्रौपदी भारत की प्रातःस्मरणीय पंचकन्याओं में से थी। आख़िर इसमें सदाचार है क्या? बहुत से देश हैं जहाँ पुराने समय से आज तक बहुपति-विवाह, बहुपत्नी-विवाह विहित समझा गया है और बहुत से ऐसे देश हैं जहाँ बहुपत्नी-विवाह, को उतना ही अनुचित समझा जाता है जितना कि बहुपति-विवाह को। यूरोप, अमेरिका, जापान ऐसे ही देशों में हैं। न्याय की दृष्टि से देखने पर तो यह साफ़ मालूम पड़ता है कि यदि एक स्त्री के अनेक पति होना ख़राब है, तो एक पुरुष की अनेक पत्नियाँ होना भी उतना ही ख़राब है। आजकल के जीवित प्रधान धर्मों में कोई भी ऐसा नहीं है जो सिर्फ़ एक पति-विवाह और एक पत्नी-विवाह को ही उचित ठहराता हो तथा दोनों तरह के बहुविवाहों का निषेध करता हो।

लेकिन यह यौन सदाचार सिर्फ़ बाहरी बात है। भीतर देखने पर तो हालत और भी वीभत्स मालूम देती है। हर एक धनी और शक्तिशाली व्यक्ति पुराने समय से आज तक विवाहिता स्त्रियों के अतिरिक्त भी अनेक दासियाँ और रखेलियाँ रखता आया है और वेश्यावृत्ति तो लक्ष्मी की शोभा समझी जाती है। यदि पुरुष उतनी ही चंचलता दिखलाए तो वह मर्द-बच्चा कहलाकर बच जाता है, लेकिन 'वेश्या' शब्द का लांछन सिर्फ़ स्त्री पर लगता है। बचपन से हर एक व्यक्ति तथा चिरकाल से हमारा समाज ऐसे वातावरण में पलता चला आया है जिसमें पुरुष के लिए सदाचार की जो कसौटी क़ायम है, उस पर जब स्त्री को तौलने लगते हैं, तो हम आश्चर्य करते हैं। दुनिया भर में 'सदाचार'-'सदाचार' चिल्लाया जा रहा है। हिन्दुस्तानियों को यह नहीं

समझना चाहिए कि इसका ठेका सिर्फ़ उन्हीं को मिला है। यूरोप, अमेरिका, एशिया सभी मुल्कों में इस पर ज़ोर दिया जाता है, धर्म और ईश्वर पर विश्वास रखने वाले तो ख़ास तौर से इसके लिए ज़मीन–आसमान एक करते हैं। लेकिन साथ ही सदाचार का जितना कम पालन धर्मानुयायी और ईश्वर-भक्त करते हैं, जितनी अवहेलना उनके यहाँ इस नियम की होती है, उतनी और जगह नहीं। रूस से धर्म और ईश्वर का राज उठ गया है, लेकिन आप दुनिया में सिर्फ़ वही एक देश पाएँगे जहाँ से वेश्यावृत्ति एकदम उठ गयी है। क्या हमारे देश में ऐसे सदाचार की खिल्ली उड़ाने वाले सबसे ज़्यादा हिन्दू-तीर्थ और हिन्दू-मठ नहीं हैं? अयोध्या में चले जाइए और वहाँ के बड़े से बड़े अवतारी भगवद्भक्त और सिद्ध-महात्मा को ले लीजिए, उनके बारे में भी पूछ लीजिए कि जिन्हें मरे अभी कुछ ही साल हुए हैं। मालूम होगा, सदाचार के सम्बन्ध में कैसे-कैसे वीभत्स काण्ड वहाँ होते हैं। ये स्थान स्वाभाविक ही नहीं, अस्वाभाविक व्यभिचार के सबसे बड़े अड्डे हैं। बाहर से जाने वाली भोली-भाली जनता, जिन पर तप, ब्रह्मचर्य, सदाचार की साक्षात मूर्ति समझकर अपना तन-मन-धन वारती है, वे हैं जघन्य कामुकता के साक्षात अवतार। ऐसे आदमियों के मुँह से ब्रह्मचर्य और सदाचार के लम्बे-लम्बे उपदेश सुनकर तो हठात कहना पड़ता है–निर्लज्जता, तेरा बेड़ा ग़र्क़ हो। साधु-संन्यासियों के इस विषय के क्रियात्मक विचार उससे बिलकुल ही दूसरे हैं, जैसे कि वे उनके श्रीमुख से निकलते हैं। भारत में कितनी ही धर्म-मण्डलियाँ गुप्त व्यभिचार में आसानी पैदा करने के लिए क़ायम हुई हैं; कितने ही भगवद्भवन और भजनाश्रम लोगों की आँखों में धूल झोंकने को स्थापित हुए हैं। चाहे युक्त प्रान्त में घूमिए, चाहे गुजरात में; चाहे पंजाब को देखिए, चाहे बंगाल को; चाहे नेपाल को जाइए, चाहे मद्रास को, सभी के घर में मिट्टी का चूल्हा है, सभी नागनाथ-साँपनाथ बराबर हैं। सदाचार में जो जितना ही पतित है, वह उतना ही अधिक सुन्दर लच्छेदार शब्दों में उस पर व्याख्यान दे सकता है। नगरों और देशों के दृष्टान्त देने की आवश्यकता नहीं। जहाँ आप हैं, वहीं घरों और चहारदीवारियों के भीतर सभ्यता और दिखावे के बाहरी लिबास को हटाकर देखिए। आपको मालूम होगा कि ब्रह्मचर्य और सदाचार के नियम जितने ही कड़े बनाये गये हैं, उतनी ही आसानी से उन्हें

तोड़ा जाता है। हमारे एक महान राजनैतिक नेता का ब्रह्मचर्य पर बड़ा ज़ोर है; लेकिन पास में, उनकी छाया में, उनके बड़े-बड़े अनुयायियों ने जिस प्रकार बराबर उन्हें तोड़ने में ही उन नियमों का पालन किया है, उससे तो यही मालूम होता है कि जब बाँध से बूँद भर पानी का रुकना सम्भव नहीं, तो ऐसे बाँध की ज़रूरत ही क्या?

सदाचार के सम्बन्ध में दरअसल 'मानसि अन्यत्-वचसि अन्यत्' का पक्का अनुयायी हमारा समाज दिख पड़ता है। भीतर की सारी पोल को देखते हुए कितनी तन्मयता के साथ हम आपस में इसकी धार्मिक चर्चा करते हैं? उस वक्त मालूम होता है कि हमारे समाज में कोई उसकी अवहेलना करने वाला है ही नहीं! या, हम किसी दूसरे जगत में बैठकर वार्तालाप कर रहे हैं। निश्चय ही हम लोग जब वास्तविक स्थिति पर विचार करते हैं, तब मालूम होता है कि हमारे समाज में ब्रह्मचर्य और सदाचार एक भारी ढकोसले से बढ़कर कोई महत्त्व नहीं रखता। ताज्जुब होता है कि हज़ारों बरसों से हमारे समाज ने ऐसी आत्मवंचना का धुआँधार प्रचार करके कौन-सा लाभ समझा है? 'मर्ज़ बढ़ता गया ज्यों-ज्यों दवा की'–के अनुसार बल्कि जितनी ही शताब्दियाँ बीतती गयीं उतना ही हमारे सदाचार का तल नीचे गिरता गया है–परिमाण में नहीं, उसमें तो देशकाल-भेद से कोई अन्तर नहीं पड़ा, हाँ, जुगुप्सित प्रक्रिया में।

जिन देशों में स्त्रैण सम्बन्ध पर हल्के नियन्त्रण रखे गये हैं, वहाँ के लोग इस विषय में ज़्यादा अनुकरणीय आचरण रखते हैं। नियमों और निर्बन्धों की अधिकता सिर्फ़ दूसरों की आँख में धूल झोंकने के लिए हमें अधिक निपुण बनाने में सफल हुई है। रोमन-कैथोलिक जैसे कितने ही धर्म ऐसे अपराधों की स्वीकृति के लिए बहुत ज़ोर देते हैं। वहाँ गृहस्थ स्त्री-पुरुष, साधु-साधुनी किसी माननीय व्यक्ति के सामने समय-समय पर अपने अपराधों को स्वीकार करते हैं। शायद यह प्रथा इसलिए चलायी गयी कि 'बीती ताहि बिसारि दे, आगे की सुधि लेय।' लेकिन परिणाम क्या होता है? पहले एक-दो बार अपराध-स्वीकृति में जो थोड़ा संकोच होता है, वह भी पीछे जाता रहता है। मानस-शास्त्रवेत्ता ठीक कहते हैं कि अपूर्ण स्त्रैण इच्छाएँ और भी उग्र रूप धारण कर मनुष्य के अन्तस्तल में मौक़े की ताक में पड़ी रहती हैं। धर्मों ने सबसे ज़्यादा ज़ोर जिस पर दिया है,

उसकी इस प्रकार से सार्वदेशिक, सार्वकालिक, सार्वजनीन अवहेलना देखकर तो यही कहना पड़ता है कि इस ढोंग, इस बकवास से फ़ायदा क्या?

हमारे देश के एक बड़े आदमी हैं। धर्म पर वह अपनी बड़ी भारी अनुरक्ति दिखलाते हैं। भगवान का नाम लेते-लेते गदगद होकर नाचने लगते हैं और ऐसे प्रदर्शन में काफ़ी रुपया ख़र्च करते रहते हैं। उनकी हालत यह है कि जिस वक़्त बड़े वेतन वाले पद पर थे, तब कभी रिश्वत बिना लिए नहीं छोड़ते थे और स्त्रियों के सम्बन्ध में तो मानो सभी नियमों को तोड़ देने के लिए भगवान की ओर से उन्हें आज्ञा मिली है।

एक प्रातःस्मरणीय राजर्षि को मरे अभी बहुत दिन नहीं हुए हैं। उनकी भगवद्भक्ति अपूर्व थी। सबेरे ईश्वर-भक्ति पर एक पद बनाये बिना वह चारपाई से उठते न थे और पूजा-पाठ में उनके घण्टों बीत जाते थे। लेकिन, दूसरी ओर हाल यह था कि अपने नगर और राज्य में जहाँ किसी सुन्दरी का जैसे ही पता लगा कि, जैसे हो उसे मँगवाकर ही छोड़ते थे।

एक तरुण विधवा रानी थीं। उनके पास बड़ी भारी जायदाद थी। एक बड़े तीर्थ में भगवद्-चरणों में लवलीन हो अपना दिन काटती थीं। धार्मिक-उत्सव, पूजापाठ में खुलकर रुपया ख़र्च करती ही थीं, साथ ही उनके यहाँ बहुत से विद्यार्थियों को भी रखकर भोजन दिया जाता था। रानी साहिबा अपनी आँख से देखकर विद्यार्थी को भर्ती होने देती थीं और तरुण विद्यार्थी रात-रात भर पार्थिव पूजा में उनकी सहायता करते थे। अत्यन्त वृद्धा होने पर भी उनकी अपार काम-पिपासा में कोई अन्तर नहीं आया।

एक बड़े भारी हिन्दू धर्म के नेता और विष्णु के साक्षात अवतार महात्मा की बात है। उन्होंने हिन्दू-धर्म के प्रचार और रक्षा के लिए बहुत विशाल आयोजन किया। उसमें भारत के बड़े-बड़े राजा, सेठ-साहूकार शामिल थे। धार्मिक जगत में जितनी उनकी धाक रही, उतनी कम ही किसी की होगी। लेकिन उनकी भीतरी लीला को देखिए तो मालूम होगा कि रासलीला करने के लिए साक्षात कन्हैया ही अवतार लेकर चले आए हैं। सुन्दरी विधवाओं पर आपका ख़ास तौर से अनुराग रहता है।

एक और महाराज रहे हैं जिनकी शास्त्रीय विद्वता, धर्म-परायणता, दान और सदाचार की धाक सारे भारत पर रही है। लेकिन भीतर से उपासना, कुमारी-पूजा आदि धार्मिक अनुष्ठानों के नाम पर वह अपनी सभी वासनाओं की पूर्ति के लिए स्वतन्त्र थे और ऐसे धार्मिक पुरुष से परिवार वाले लोग बहुत बचकर रहना चाहते थे।

2. मद्यपान

शराब की मुमानियत संसार के कई प्रधान धर्म करते हैं। इस्लाम भी अपने को इसका जानी दुश्मन कहता है। शराब पीना भारी दुराचार माना जाता है। लेकिन धनिकों में पिछले तेरह सौ साल के भीतर कितनों ने इस नियम की पाबन्दी की है? बहुत जगह तो शराब की दुकानों के मालिक मुसलमान हैं। जिस वक्त मुसलमानी सल्तनतों ने शराब के ख़िलाफ़ कड़ी-कड़ी सज़ाएँ मुकर्रर की थीं, उस वक़्त भी धनी लोगों को शराब पीने में बाधा नहीं होती थी। हिन्दुओं में भी कितने ही सम्प्रदाय मद्यपान को महापाप समझते हैं। लेकिन कितनी जातियाँ हैं जिनके धनिक उससे बचे हुए हैं? ब्राह्मण, बनिया, राजपूत, जिस किसी के पास ख़र्च करने के लिए इफ़रात पैसा है, बेखटके पीता है; और जात वाले टुक-टुक ताकते रह जाते हैं। शराब के पीछे लाठी लेकर फिरने वाले महात्माजी के अनुयायियों में भी कितने बड़े-बड़े महापुरुष हैं जो भीतरी तौर से इसके बारे में अपने गुरू से भारी मतभेद रखते हैं, चाहे मद्य-निषेध की व्यवस्था देने में वह किसी से पीछे रहनेवाले न भी हों।

3. असत्य

सत्य-भाषण की ओर धर्म और समाज ज़ोर दे रहा है; और मैं मानता हूँ कि वह उतना मुश्किल नहीं है, यदि समाज में अधिक कृत्रिमता न हो; तो यह सत्यभाषण भी आजकल कितना कठिन काम है, यह कहने की आवश्यकता नहीं। इस कठिनाई की जवाबदेही है अधिकतर हमारे समाज की वर्तमान बनावट पर, जिसमें सत्यवक्ता के लिए स्थान नहीं है। हमारी राजनीतिक संस्थाएँ असत्य-प्रचार के सबसे बड़े अड्डे हैं। झूठ का प्रयोग होता है लोगों को धोखा देने में। अपने स्वार्थ के

लिए झूठ बोलकर दूसरों को धोखा देना हर एक राष्ट्र और राजनीतिज्ञ अपना परम कर्तव्य समझता है। राजनीतिक कोश में मानो झूठ बोलना पाप में गिना नहीं जाता। हमारे धर्म और समाज का सत्यभाषण पर इतना ज़ोर व्यर्थ है, जब दूसरी ओर वही व्यक्तियों को झूठ बोलने के लिए मजबूर करता है। स्कूल में एक लड़का दवात तोड़ देता है। यदि वह तोड़ना स्वीकार करता है, तो उसे दण्ड और भर्त्सना सहने के लिए मजबूर होना पड़ता है और झूठ बोल देता है तो साफ़ छूट जाता है। मारपीट और दूसरे अपराधों में भी झूठ बोलने वाले ही नफे में रहते हैं, फिर कौन सत्य बोलकर दण्ड भोगने के लिए तैयार होना चाहेगा? ईमानदारी से काम करके आजकल पेट भर खाना मिलना मुश्किल है। सच बोलकर लोगों की मैत्री प्राप्त करना असम्भव है। इसलिए तो आदमी झूठ बोलने पर उतारू होता है। आजकल की बड़ी-बड़ी सम्पत्तियाँ, बड़े-बड़े पद, ऊँचे-ऊँचे सम्मान झूठ बोलने की निपुणता के लिए पारितोषिक हैं; कहने के सदाचार और हैं, करने के और। जब तक सारे समाज के सम्बन्ध में यह बात है, एक अकिंचन व्यक्ति अपने को कैसे उससे बचा सकता है? कितनी ही जंगली जातियाँ हैं जो पूँजीवादी सभ्यता और संस्कृति में इससे नीची समझी जाती हैं, लेकिन उनमें झूठ बहुत कम देखा जाता है। इसका मतलब है कि यह सभ्यता और संस्कृति उन्नत होकर हमारे समाज को सत्य के सम्बन्ध में और नीचे ले जाती है। हमारे समाज ने ढोंग, आत्मवंचना को जितना ही अधिक आश्रय दिया है, उतना ही हर एक व्यक्ति अपने विचारों को स्वतन्त्रतापूर्वक प्रकट करने में असमर्थ है, समाज का हर एक व्यक्ति अपने लिए तो नहीं चाहता, लेकिन दूसरे को जैसे हो तैसे धोखा देकर अपना काम बनाना चाहता है। किसी का किसी के ऊपर पूरी तरह से विश्वास नहीं, इसका परिणाम हो रहा है–स्त्री पुरुष को वंचित करना चाहती है और पुरुष स्त्री को; पिता पुत्र को धोखा देना चाहता है और पुत्र पिता को। आख़िर इस प्रकार की अराजकता का ज़िम्मेवार कौन है?–हमारा समाज।

4. चोरी-रिश्वत

पुराने ज़माने में चोरी के लिए लोगों का हाथ काट दिया जाता था, जान ले ली जाती थी। आजकल सज़ाएँ कुछ हल्की हैं, लेकिन तब भी समाज की दृष्टि में चोरी भारी पाप समझी जाती है। उसके लिए सख़्त क़ानून और ज़बरदस्त जेलख़ाने

बने हैं। सरकार लाखों रुपया पुलिस पर ख़र्च करती है। बड़ी-बड़ी तनख़्वाहें पाने वाले जज और मैजिस्ट्रेट इसके लिए नियुक्त किये गये हैं। लेकिन क्या इससे यथेष्ट रोकथाम है? जिन लोगों को चोरी बन्द करने का काम मिला है, यदि वे ख़ुद वही काम करते हों, तो उनके किये चोरी कैसे बन्द होगी? पुलिस चोरों को पकड़ने और चोरी रोकने के लिए अपने को जिम्मेवार समझती है, लेकिन चौकीदार और कान्सटेबल ही नहीं, थानेदार, इन्सपेक्टर और ऊपर के अफ़सर तक हाथ गरम कर देने पर तरह दे देते हैं। सभी लोग जानते हैं कि सौ में नब्बे थानेदार रिश्वत लेते हैं, देहात में किससे यह बात छिपी हुई है? पुलिस कुछ चोरों को पकड़-पकड़कर जेल में भेजती ज़रूर है, लेकिन क्या कभी किसी ने यह हिसाब लगाया है कि कितने असली अपराधियों को उसने रुपया लेकर छोड़ दिया? जनता की सरकार के क़ायम होने पर भी हम पुलिस के इस रवैये में कोई फ़र्क़ नहीं देखते। जब तक इस तरह रिश्वत का बाज़ार गर्म है, तब तक चोरी कैसे रुक सकती है? ख़याल करने की बात है कि जिन लोगों को अपने परिवार की परवरिश के लिए काफ़ी रुपया हर महीने मिल जाता है, यदि वे अवैध आमदनी से हाथ हटाना नहीं चाहते तो भूख की पीड़ा से पीड़ित होकर चोरी करने वाले अपने को कैसे रोक सकेंगे?

जेलों में अपराधी चालचलन सुधारने के लिए भेजे जाते हैं। किसी समय दण्ड का अभिप्राय यन्त्रणा से अपराधी को भयभीत करना था, लेकिन आज की सभ्यता की दुनिया सज़ा और जेल को सुधार करने का मौक़ा देना समझती है। इन जेलों की क्या हालत है? क़ैदी जाकर वहाँ देखता है कि छोटे सिपाही से लेकर सुपरिण्टेण्डेण्ट तक क़ैदियों के भाग में से कुछ न कुछ ज़रूर अपने इस्तेमाल में लाते हैं। तीन मन चावल में आधा मन निकाल लिया जाता है। आटे में चोकर और मिट्टी भी डाल दी जाती है। अच्छी तरकारियाँ अफ़सरों की डालियों के लिए सुरक्षित रक्खी जाती हैं और मामूली तरकारी में से भी अच्छा भाग दूसरे ले जाते हैं और क़ैदियों के हिस्से में सिर्फ़ घास और पत्ता पड़ता है। तेल, दूध, घी, गुड़–सभी खाद्य वस्तुओं में इस तरह की लूट है। सिगरेट और तम्बाकू को वर्जित कर सरकार क़ैदियों को संयम का पाठ पढ़ाना चाहती है, लेकिन उसका परिणाम सिर्फ़ इतना ही है कि पैसे वाले क़ैदियों को ये चीज़ें कुछ

महँगी पड़ती हैं। वस्तुतः जिस क़ैदी के पास रिश्वत देने के लिए पैसा है, उनके लिए जेल में सब तरह का प्रबन्ध हो जाता है। इस तरह के वातावरण में ख़ाक सुधार होगा?

5. तुम्हारे न्याय की क्षय

हमेशा से न्याय करने का ढिंढोरा पीटा जा रहा है। समाज और उसके नेता धनिकों की तरफ़ से ग़रीबों पर कितना अन्याय होता है, इसके बारे में हम कह आए हैं! दुनिया की सरकारें कितना न्याय कर रही हैं, इसे ज़रा देखना है। आजकल की सरकारें न्यायालय और क़ानून बनाने पर बहुत ध्यान देती हैं और कहा जाता है कि यह सब इसीलिए कि जिसमें सबको न्याय पाने में सुभीता हो। लेकिन क्या ग़रीबों को न्याय पाने का सुभीता है? जिस वक़्त न्यायालय नहीं थे, सिर्फ़ पंचायतें थीं; जिस वक़्त क़ानून नहीं थे, सिर्फ़ व्यवहार-बुद्धि निर्णायक थी, जिस समय वकील नहीं थे, हर आदमी अपना वकील था–उस वक़्त ग़रीब के लिए न्याय पाना अधिक आसान था! क़ानून न्याय समझने में आसानी नहीं पैदा करते, बल्कि भारी भ्रम पैदा करने का काम देते हैं; उनके कारण स्पष्ट बात भी अस्पष्ट हो जाती है। कहने को तो यह भी कहा जाता है कि क़ानून अवलम्बित है व्यवहार-बुद्धि–कॉमन सेंस–पर। किन्तु आजकल तो उसका काम व्यवहार-बुद्धि को निकम्मा बना देने का है। सूक्ष्म प्रतिभाएँ जो समाज के हित के काम को कर सकती थीं, आज बाल की खाल उतारती क़ानून के अर्थ का अनर्थ करने में तत्पर हैं। झूठे मुक़दमे को सच्चा और सच्चे को झूठा करने में ही अच्छे वकील की तारीफ़ है। आए दिन, दिन-दहाड़े हम सफ़ेद को काला और काले को सफ़ेद होते देखते हैं।

क़ानून और न्यायालय धनी के विरुद्ध ग़रीब को न्याय देने में कितने असमर्थ हैं, इसके लिए दूर के दृष्टान्त की ज़रूरत नहीं। भारत के हर एक गाँव में इसके अनेक उदाहरण मिलेंगे। मामूली अपराध की तो बात ही क्या, ख़ून तक पचा लिए जाते हैं। ज़मींदार या धनी के इशारे पर आदमी मारा गया। धनी आदमी ने रुपयों का तोड़ा खोलकर डॉक्टर के सामने रख दिया। डॉक्टर समझता है, दस

बरस में जो कमाएँगे, वह सामने रखा है, घर आयी लक्ष्मी को ठुकराना नहीं। लिख देता है–दिल कमज़ोर था, चोट साधारण थी, आदि, और, मामला दूसरे से दूसरा हो जाता है। बहुत बार तो लाश को ले जाकर तुरन्त जला दिया जाता है और फिर भय और प्रलोभन से गवाहियाँ अपने पक्ष में बना ली जाती हैं। अक्सर ग़रीब आदमी अदालत तक नहीं जाते। अगर धनियों द्वारा किए गये तीन ख़ून किसी थानेदार को मिल जाएँ, तो उसका भाग्य ही खुल जाए। वह इतना रुपया जमा कर ले कि उसकी नौकरी चली भी जाए तो भी वह ज़िन्दगी भर चैन की बंशी बजाता रहेगा।

बिहार के एक बड़े ज़मींदार की बात है। उन्हें लाखों की आय है जिसे एक जाली बिल के ज़रिये उनके बाप ने उनके लिए प्राप्त किया। उस वक़्त वे बिलकुल तरुण थे। एक स्वजातीय ग़रीब लड़का उनके पास रहा करता था। एक दिन किसी बात से नाराज़ तरुण ज़मींदार ने उस लड़के पर पिस्तौल दाग़ दी। लड़का वहीं ढेर हो गया। लाश फुँकवा दी गयी और थाने के दारोग़ा को बुलाकर एक भारी रक़म उनके सामने पेश की गयी। उस रुपये की राशि को देखकर थानेदार की आँखें चमक उठीं। पीछे वही थानेदार असहयोग में नौकरी से इस्तीफ़ा दे राष्ट्रीय युद्ध में शामिल हो गये थे। बहुत वर्षों तक हम दोनों साथ काम करते थे। वह बतलाते थे कि कैसे रात को उन्होंने मृत लड़के के बाप के गाँव में जाकर वहाँ उसके सम्बन्धियों को पट्टी पढ़ायी। किस प्रकार ऊपर और नीचे के अफ़सरों में रुपये बाँटकर क़ानून और न्याय को अँगूठा दिखाया। ख़ून हुआ है, इसकी ख़बर तक अदालत में नहीं पहुँचने पायी। जिस तरुण ने अपने साथ खेलने वाले लड़के को इस तरह पिस्तौल का निशाना बनाया, वह साधारण अपराधी दिमाग़ का व्यक्ति नहीं हो सकता है। यदि वह ग़रीब घर में पैदा हुआ होता, तो ख़ून के कारण फाँसी पड़ने से यदि वह बच भी जाता, तो उसका स्थायी निवास प्रान्त के बड़े-बड़े जेलख़ानों में जन्मजात अपराधियों में तो ज़रूर होता, लेकिन आज वह व्यक्ति प्रान्त के बड़े प्रभावशाली धनिक अगुवों में है।

एक-दूसरे धनी ज़मींदार की बात है। वह अपने रोब-दाब के लिए पास-पड़ोस के बहुत से गाँवों में मशहूर थे। कहने को तो हिन्दुस्तान में अंग्रेज़ों का राज है, लेकिन जहाँ तक उनकी ज़मींदारी का सम्बन्ध था, अंग्रेज़ी शासन का

नम्बर उनके बाद आता था। मामूली मारपीट ही नहीं, बड़े-बड़े मुक़दमों तक का फ़ैसला वे जुर्माने लेकर कर दिया करते थे और किसकी शामत आती कि उनके फ़ैसले के ख़िलाफ़ थाने तक भी जाने की हिम्मत करता। उनके गाँव में एक आदमी ने एक मैना पाला था। मैना आदमी की बात बोलता था। इसकी ख़बर ज़मींदार साहब को लगी। झट मैना माँग लाने को आदमी भेजा गया। ग़रीब ने दुनिया के अनुभव से बहुत शिक्षा नहीं ली थी। अपने प्रिय पालतू पशु-पक्षी में आदमी का पुत्रवत स्नेह हो जाता है। उसी स्नेह से अन्धा होकर उसने मैना को देना नहीं चाहा। यह ख़बर जब ज़मींदार को मिली तो वह आग बबूला हुआ। तुरन्त उसने एक पहलवान सिपाही, उसे मारकर मैना छीन लाने के लिए भेजा। सचमुच ग़रीब को जान से ख़त्म कर मैना को पकड़ मँगाया गया। मुक़दमा अदालत तक गया तो ज़रूर, लेकिन ज़मींदार साहब को एक दिन की हवालात तक की हवा खाने की नौबत न आयी।

मगह प्रान्त–पटना–गया ज़िलों–के ज़मींदार अपने अत्याचार के लिए सारे बिहार में प्रसिद्ध हैं। वहाँ के एक ज़मींदार का संकल्प था कि जहाँ तक हो सके, उनकी ज़मींदारी में किसी किसान के नाम काश्तकारी न लगने पाए। वह अपने हर गाँव में झूठे मुक़दमे चला, मारपीट और दूसरे ज़रियों से लोगों को तंग करके उन्हें काश्तकारी से इस्तीफ़ा देने को मजबूर करते थे। उनके एक गाँव–जिसका नाम अब दूर तक प्रसिद्ध हो गया है–के प्रायः सभी किसान काश्तकारी से हाथ धोकर ज़मींदार के शिकमी रैयत बन चुके थे। उस गाँव में एक किसान का घर था जिसके पास खाने-पीने के लिए काफ़ी खेत और धन था और परिवार में कई काम करने वाले जवान व्यक्ति भी थे। ज़मींदार को इस परिवार को परास्त करने में कई बार मुँह की खानी पड़ी। इस पर उसने प्रतिज्ञा की कि उस परिवार को तबाह करके उसके घर पर रेंड़ न बोआएँ तो नाम नहीं। अबकी बार किसी दूसरे गाँव से एक मरणासन्न आदमी लाकर उस गाँव में मरवाया गया और उस परिवार के व्यक्तियों पर ख़ून का मुक़दमा चलाया गया। डॉक्टर ने रिपोर्ट दी कि जान-बूझकर सही-सलामत आदमी का ख़ून किया गया है। पुलिस ने 'प्रत्यक्षदर्शी' गवाहों के बयान लिए। घर के सभी

सयाने पुरुष जेल में बन्द कर दिये गये। मुक़दमा लड़ने में घर की सम्पत्ति स्वाहा हो गयी। आदमियों को लम्बी-लम्बी क़ैद की सज़ाएँ हुईं। घर में सिर्फ़ स्त्रियाँ रह गयी थीं और उनमें से भी अधिकांश भूख और बीमारी के कारण कुछ ही वर्षों में चल बसीं। मकान मरम्मत के बिना गिर पड़ा और उसके ऊपर बोये रेंड़ को कुछ साल बाद मैंने ख़ुद अपनी आँखों देखा। यह है आज के क़ानून की करामात और आज के न्याय का नमूना।

न्याय सस्ता और सुलभ नहीं है, बल्कि ज़बरदस्त शत्रु के मुक़ाबिले में वह दुनिया की सबसे महँगी चीज़ है। वह इतनी ख़र्चीली चीज़ है कि धनी आदमी हारते-हारते भी ग़रीब को उजाड़ देता है। बिना स्टाम्प का पैसा दिये तो ग़रीब अदालत में दरखास्त भी नहीं दे सकता। और, फिर, स्टाम्प ही तो काफ़ी नहीं है? वहाँ चाहिए वकील और मुख़्तार को फ़ीस, पेशकार और सरिस्तेदार को नज़राना, अर्दली और चपरासी को भेंटा। ज़बरदस्त प्रतिद्वन्द्वी बड़े-बड़े वकीलों को बड़ी-बड़ी फ़ीस देकर रख लेता है। यदि तुमने किसी टुटपुँजिया वकील को खड़ा किया तो बने मुक़दमे के भी बिगड़ जाने की सम्भावना हो जाती है। घर, ज़मीन बेचो, ज़ेवर बन्धक रक्खो, जैसे भी हो रुपया ख़र्च कर मुक़दमे की पैरवी करो। अगर मुक़दमा दीवानी में है और एक ही है तो फ़ौजदारी मुक़दमों की तो संख्या निर्धारित नहीं की जा सकती। मार-पीट, चुराई आदि के कई मुक़दमे साथ ही साथ फ़ौजदारी अदालत में भी चल रहे हैं। मुन्सिफ़ के यहाँ से यदि फ़ैसला पक्ष में हुआ तो सब-जज के यहाँ अपील हुई। वहाँ से भी यदि क़िस्मत ने मदद की तो हाईकोर्ट और इसके बाद प्रीवी कौंसिल। फ़ौजदारी मुक़दमे अलग चल रहे हैं। यदि हर इजलास में ख़र्च करने के लिए तुम्हारे पास रुपया नहीं है तो तुम्हारी जीत भी हार में बदल जाती है।

यह तो हुआ तब जबकि हाकिम लोग ईमानदार हों, लेकिन आजकल के हाकिमों में कितने हैं जो जल्द से जल्द धनी बनना पसन्द नहीं करते? जिसे ढाई सौ माहवार तनख़्वाह मिलती है, वह भी चाहता है पास में मोटर रखना, वह भी चाहता है कि वह और उसकी स्त्री शाहाना ठाठ में रहे, उसके लड़के-लड़कियाँ शाहज़ादों-शाहज़ादियों के कान काटें; उसके महल में राजमहल का

समाँ दिखायी पड़े, उत्सव और त्यौहारों में वह शाहख़र्ची का ज़बरदस्त सबूत दे सके; बच्चों के पढ़ाने-लिखाने में ख़र्चीले से ख़र्चीले स्कूल और कॉलेजों की तलाश करे; ब्याह-शादी में बड़े-बड़े तिलक-दहेज दे और दोनों हाथों अशर्फ़ियाँ लुटाए; उसकी पार्टी में बड़े से बड़े हाकिम और रईस शामिल हों जिनके लिए देशी और विलायती सब तरह के सुन्दर से सुन्दर भोजन परोसे जाएँ। आजकल के हमारे हाकिमों की जब ये हार्दिक लालसाएँ हैं, तो रुपये की चमचमाहट उन्हें क्यों न अपनी ओर आकर्षित करेगी? अगर किसी को रिश्वत लेने में संकोच होता है तो या तो इसलिए कि वह कम है अथवा भेद छिपा लेने में कठिनाई होगी। अनौचित्य के ख़याल से रिश्वत से बाज़ आने वाले लोग बहुत मुश्किल से मिलते हैं। ज़िलों के छोटे-मोटे अधिकारियों की तो बात ही छोड़ दीजिए, हाईकोर्ट के जज तक रिश्वत लेते पाये गये हैं और इसे मुक़दमा लड़ने वाली जनता ख़ूब जानती है। छोटे और बड़े लाटों तक को घुड़दौड़ के घोड़े, क़ीमती हार तथा दूसरी बड़ी-बड़ी भेंटों को देकर अपना काम बनाया गया है। एक रियासत के ख़िलाफ़ कई ज़बरदस्त प्रमाण जमा हो गये थे। रिकार्ड के अधिकारी को इकट्ठा कुछ लाख रुपये दे दिये गये और दूसरे दिन देखा गया कि वे सारे प्रमाण ग़ायब हैं।

राज तो आजकल है थैली का। शासन पर अनुशासन उसका है जिसके पास धन है। क़ानून बनाने वाले वे ही हैं जिनके पास तोड़ें हैं। इंग्लैण्ड के थैली वाले हिन्दुस्तान के मालिक हैं। वे कभी ऐसा क़ानून बनने देना पसन्द नहीं करते जिससे कि उनकी थैली पर हाथ पड़ने पाए। देश और विदेश में यातायात के साधन जहाज़ और रेलें इसी दृष्टि से संचालित की जाती हैं। भारत की रेलों का एक अलग महकमा बना दिया है, यह ख़याल करके कि कहीं भारतीय राजनीतिज़ों का दबाव उस पर न पड़ने लगे। क़ानूनों की भरमार है। हर साल हमारे देश में सैकड़ों क़ानून बनते और सुधरते रहते हैं। लेकिन वह इसलिए नहीं कि मनुष्य ईमानदारी से कमाई अपनी सम्पत्ति का अपने आप उपभोग कर सके। इनका मतलब सिर्फ़ इतना ही है कि कैसे धनिकों के हित के लिए, चलते इस शासन की सहायता के लिए कुछ और क़ाबिल-दिमाग़ आदमी ख़रीदे जा सकते हैं? कैसे कुछ और चिल्लाने वाली जमातों का मुँह बन्द किया जा

सकता है? क़ाबिल दिमाग़ों को सरकारी बड़े-बड़े पदों पर सिर्फ़ इसलिए नहीं नियुक्त किया जाता कि वे अपनी योग्यता से जनता को फ़ायदा पहुँचाएँ, बल्कि इसलिए कि वे चिरकाल से स्थापित स्वार्थों को अक्षुण्ण बनाए रखने में सहायता करें। सभी जानते हैं कि सरकारी नौकरियों में लोग बड़ी-बड़ी तनख़्वाहों और स्थायी जीविका के लिए दौड़ते हैं। यदि सरकारी धन को इंसाफ़ के साथ वितरण करना ही है तो उसके बड़े हक़दार हैं, ग़रीबों की सन्तानें। लेकिन हम क्या देखते हैं? ग़रीबों की सन्तानों के लिए तो पहले पढ़ना ही मुश्किल है, पढ़-लिखकर योग्यता प्राप्त करने पर भी बड़ी नौकरियों के लिए अपेक्षित सिफ़ारिशें वे जमा नहीं कर सकतीं। परिणाम यह हो रहा है कि हर तरह की बड़ी-बड़ी नौकरियों में लखपतियों-करोड़पतियों, बड़े-बड़े ज़मींदारों और राजा-नवाबों के लड़के भरे पड़े हैं। आई.सी.एस., आई.पी.एस., आई.एम.एस. आदि अधिकारियों की सूची को उठाकर देखिए तो मालूम होगा कि देश के धनी, ज़मींदारों, महाजनों और प्रभावशाली राजनीतिज्ञों के लड़के ही हैं। पिता लाखों का मालिक है, एक रियासत का बड़ा मन्त्री है और लड़का सरकार के एक विभाग का सेक्रेटरी। अखिल भारतीय सरकारी अफ़सरों में ही नहीं, प्रान्तीय बड़ी-बड़ी नौकरियों में भी उन्हीं को जगह मिली है जिनमें अधिकांश के पास जीविका के अन्यत्र स्वतन्त्र साधन हैं। जब सरकार के चलाने वाले ये बड़े-बड़े कर्मचारी धनिक श्रेणी से आए हैं तो धनी ग़रीब के मामले में वे अपनी श्रेणी के स्वार्थ के विरुद्ध काम करेंगे, यह कब सम्भव हो सकता है? अंग्रेज़-अधिकारियों के बारे में पिछले डेढ़ सौ बरसों का तजरबा हमें बताता है कि जहाँ काले गोरे का सवाल होता है, वहाँ वे न्याय को ताक़ पर रख देते हैं। कितने ही निरपराध भारतीय अंग्रेज़ों की ठोकरों और गोलियों के शिकार हुए हैं, लेकिन कितने मुक़दमों में ख़ूनी को फाँसी की सज़ा हुई है? साहेब की ठोकर से मरे आदमी की तिल्ली, डाक्टरी जाँच से, बढ़ी पायी गयी। यही न्याय का अभिनय हम धनी और ग़रीब के मामले में न्यायाधीश के पद पर आरूढ़ धनिकों की सन्तानों द्वारा किया जाता देखते हैं। ज़मींदारों और किसानों, मज़दूरों और मिल-मालिकों के झगड़े में जो कड़ुवा तजरबा हमें मिल रहा है, उससे मालूम हो रहा है कि उनकी सहानुभूति हमेशा धनिकों की

ओर रहती है। मारपीट और बलवे की तैयारी सबसे ज़बरदस्त ज़मींदारों की ओर से होती है। अपनी जीविका के छिन जाने के भय से किसान शान्तिमय तरीक़े से उसका विरोध करते हैं। लेकिन सभी जगह देखा जाता है कि पुलिस और मजिस्ट्रेट किसान को ही अपराधी ठहराते हैं और उन्हीं के ऊपर दफ़ा 107 या दफ़ा 144 की कार्रवाई की जाती है, आँखों से साफ़ देखा जाता है कि ज़मींदार ने बलवा करने में कोई कसर उठा नहीं रखी तो भी उसके एक आदमी को भी कुछ कहने की ज़रूरत नहीं पड़ती।

एक जगह का हमें ताज़ा तजरबा हैं ज़मींदारों ने पीढ़ियों से जोतते आते किसानों से उनके खेत को छीनना चाहा। किसान सोचने लगे कि यदि खेत निकल जाएँगे तो बाल-बच्चे जिएँगे कैसे? उन्होंने मार खाकर भी खेत छोड़ना नहीं चाहा। ज़मींदार ने थाने में रिपोर्ट लिखवायी। किसान की रिपोर्ट को थानेदार लिखना नहीं चाहते थे। थानेदार ने ज़मींदार के पक्ष में होकर कुछ किसानों पर शान्तिभंग का आरोप करके मजिस्ट्रेट को लिख दिया। फ़ौजदारी अदालत को अपना फ़ैसला क़ब्ज़े को देखकर देना चाहिए। मजिस्ट्रेट को ज़मींदार की बातों से सच्चाई का पता लग गया। किसान चिल्लाते ही रह गये कि चलकर देख लिया जाए, खेत पर क़ब्ज़ा हमारा है। दो सौ-चार सौ बीघे जोतनेवाला आदमी चौथाई और पचइयाँ एकड़ में अलग-अलग फ़सल नहीं बोएगा। लेकिन मजिस्ट्रेट को वहाँ जाने की ज़रूरत नहीं मालूम पड़ी, उसने झट उन पर दफ़ा 144 लगा दिया। ऊपर के अफ़सर ने भी बार-बार प्रार्थना करने पर भी, खेत को देखना पसन्द न किया और मजिस्ट्रेट के फ़ैसले को बहाल रखा। सब तरफ़ से न्याय का रास्ता बन्द देखकर किसानों ने शान्तिमय सत्याग्रह की शरण ली। दिन मुकर्रर हुआ। पुलिस और हाकिमों को मालूम था कि ज़मींदार की तरफ़ से मारपीट की ज़बरदस्त तैयारी हो रही है। वे यह भी जानते थे कि किसान हर हालत में शान्त रहना चाहते हैं। उनको यह भी मालूम हो चुका था कि ज़मींदार के हाथी इस युद्ध में ख़ास तौर से भाग लेने के लिए तैयार किए जा रहे हैं। निश्चित दिन पर हाथियों के साथ कई सौ आदमी लाठी-गँड़ासे लिए एकत्र हुए। किसानों की ओर सिर्फ़ थोड़े-से निहत्थे सत्याग्रही। जनता को ख़ास तौर से बहुत संख्या में न आने

के लिए कहा गया था। किसान सिर्फ़ ग्यारह खेतों की तरफ़ बढ़ते हैं। हाथियों और लट्ठधारी जवानों को लेकर ज़मींदार सत्याग्रहियों पर हमला करने के लिए खेत पर पहुँचता है। पुलिस की अधिक संख्या का वहाँ पता नहीं। गिरफ़्तारी के बाद जब सत्याग्रही पुलिस की हिरासत में थे, तब ज़मींदार के आदमी ने एक सत्याग्रही पर लाठी-प्रहार किया। सिर से ख़ून की धार बहने लगती है। प्रहार करने वाला आदमी उस वक़्त गिरफ़्तार कर लिया जाता है, लेकिन थोड़ी देर बाद सरकारी अधिकारी उसे छोड़ देते हैं। अन्धा भी देखकर कह सकता था कि मारपीट की सारी तैयारी ज़मींदार की ओर से हुई थी। लेकिन उसके एक भी आदमी को न तो पकड़ा जाता है और न उसे वैसा करने से रोका जाता है। उसके लठैत सरकार की ओर से क़ानून को अपने हाथ में ले लेने के लिए आज़ाद छोड़ दिये गये थे। (अमवारी में राहुल जी पर लाठी से प्रहार हुआ था)।

एक-दूसरे ज़मींदार का किस्सा है जो बतलाता है कि धनिकों के सामने न्याय और क़ानून की कितनी दुर्गति होती है। वे नहीं चाहते थे कि किसानों को अपने खेत में काश्तकारी का हक़ मिले। बहुत दिनों से किसान खेत जोतते आ रहे थे। सर्वे में लाख कोशिश करने पर भी काश्तकारी लग ही गयी। ज़मींदार ने मामले-मुक़दमे और ज़ोर-ज़ुल्म की तैयारी की। किसान जानते थे कि इतने ज़बरदस्त ज़मींदार से लड़ने में उजड़ जाएँगे, इसलिए अधिकांश ने जा-जाकर अपने इस्तीफ़े की रजिस्टरी कर दी। मैंने पुलिन्दे के पुलिन्दे उन रजिस्टरी-शुदा इस्तीफ़ों को देखा है और देखते वक़्त मैं सोच रहा था कि इन ग़रीबों के लिए न्याय क्या माने रखता है? यदि ज़रा भी न्याय पाने का उन्हें भरोसा होता तो अपनी और अपनी सन्तानों की जीविका के साधन इन खेतों से वे इस्तीफ़ा क्यों देते?

जुए को क़ानून के ख़िलाफ़ समझा जाता है। लेकिन घुड़दौड़ की बाज़ी क्या है। चूँकि उसमें बादशाह तक के घोड़े शामिल होते हैं, इसलिए घुड़दौड़ का जुआ हलाल है। और बड़ी-बड़ी लाटरियाँ क्या जुआ नहीं हैं? छोटे-मोटे जुए तो पुलिस की संरक्षकता में अक्सर होते हैं। बड़े-बड़े जुओं के संरक्षण का भार तो राज्य के सूत्रधारों के कन्धे पर है। यही न्याय है? आश्चर्य!

6. तुम्हारे इतिहासाभिमान और संस्कृति की क्षय

'इतिहास'-'इतिहास'–'संस्कृति'-'संस्कृति' बहुत चिल्लाया जाता है। मालूम होता है, इतिहास और संस्कृति सिर्फ़ मधुर और सुखमय चीज़ें थीं। पचीसों बरस का अपने समाज का तजरबा हमें भी तो है। यही तो भविष्य की सन्तानों का इतिहास बनेगा? आज जो अन्धेर हम देख रहे हैं, क्या हज़ार साल पहले वह आज से कम था? हमारा इतिहास तो राजाओं और पुरोहितों का इतिहास है जो कि आज की तरह उस ज़माने में भी मौज़ उड़ाया करते थे। उन अगणित मनुष्यों का इस इतिहास में कहाँ ज़िक्र है जिन्होंने कि अपने ख़ून के गारे से ताजमहल और पिरामिड बनाए; जिन्होंने कि अपनी हड्डियों की मज्जा से नूरजहाँ को अतर से स्नान कराया, जिन्होंने कि लाखों गर्दनें कटाकर पृथ्वीराज के रनिवास में संयोगिता को पहुँचाया? उन अगणित योद्धाओं की वीरता का क्या हमें कभी पता लग सकता है जिन्होंने कि सन् सत्तावन के स्वतन्त्रता-युद्ध में अपनी आहुतियाँ दीं? दूसरे मुल्क के लुटेरों के लिए बड़े-बड़े स्मारक बने, पुस्तकों में उनकी प्रशंसा का पुल बाँधा गया। गत महायुद्ध में ही करोड़ों ने क़ुर्बानियाँ दीं, लेकिन इतिहास उनमें से कितनों के प्रति कृतज्ञ है?

इतिहास हमारे समाज की पुरानी बेड़ियों को मज़बूत करता है। इतिहास हमारी मानसिक स्वतन्त्रता का सबसे बड़ा शत्रु है। इतिहास हमारी पुरानी दुश्मनी और अनबनों को ताज़ा करता रहता है। सहस्राब्दियों से मनुष्यता का घोर शत्रु सिद्ध हुआ धर्म, बहुत कुछ इतिहास के आधार पर टिका है। विश्वामित्र हों चाहें वशिष्ठ, मनु हों चाहे याज्ञवल्क्य, व्यास हों चाहे पतंजलि, नानक हों चाहे कबीर, मूसा हों चाहे ईसा—सभी पचासों बरस इस धरती पर जीते रहे। न जाने कितनों के दिल को उन्होंने दुखाया होगा, न जाने कितनों के हक़ को छीना होगा, न जाने कितने दास-दासी ख़रीदकर ज़िन्दगी भर उनसे पशु की तरह काम लेते रहे होंगे। अपने मालिकों और अन्नदाताओं की चापलूसी में जाने क्या-क्या कुकर्म उन्होंने किए होंगे। सफल लुटेरों और ख़ूनियों को आसमान पर चढ़ाने की जो प्रवृत्ति देखी जाती है, उससे मालूम होता है कि इतिहास की वीरपूजा में भी इसका बहुत बड़ा अंश रहा होगा।

हिन्दुओं के इतिहास में राम का स्थान बहुत ऊँचा है। आजकल के हमारे बड़े नेता, गांधीजी, मौक़े-ब-मौक़े रामराज्य की दुहाई दिया करते थे। वह रामराज्य कैसा होगा जिसमें कि बेचारे शूद्र शम्बूक का सिर्फ़ यही अपराध था कि वह धर्म कमाने के लिए तपस्या कर रहा था और इसके लिए राम जैसे अवतार और धर्मात्मा राजा ने उसकी गर्दन काट ली? वह रामराज्य कैसा रहा होगा जिसमें किसी आदमी के कह देने मात्र से राम ने गर्भिणी सीता को जंगल में छोड़ दिया? रामराज्य में दास-दासियों की कमी न थी। अट्ठारहवीं-उन्नीसवीं सदी तक दुनिया में दास-प्रथा कितनी क्रूरता के साथ प्रचलित थी, इसका हमें काफ़ी ज्ञान है। उस वक़्त स्वेच्छापूर्वक अपने को और अपनी सन्तान को बेचा ही नहीं जाता था, बल्कि समुद्र और बड़ी नदियों के किनारे के गाँवों में तो आदमियों को पकड़ ले जाने के लिए बाक़ायदा हमले हुआ करते थे। डाकू गाँव पर छापा मारते थे और धन के साथ-साथ वहाँ के काम करने लायक़ आदमियों को पकड़ ले जाते थे। हर साल हज़ारों इस तरह के ग़ुलाम पोर्तुगीज़ डाकू पकड़कर बर्मा के अराकन प्रदेश में बेचा करते थे। रामराज्य में यदि इस तरह की लूट और डाकेजनी न रही होगी तो दास-प्रथा तो ज़रूर ही थी। अभी दस ही बारह साल हुए हैं जबकि हिन्दुओं के अभिमान की जगह नेपाल राज ने अपने यहाँ दास-प्रथा का अन्त किया। मिथिला में अब भी कितने घरों में वे काग़ज़ हैं जिनमें बहिया (दास) के क्रय-विक्रय दर्ज हैं। दरभंगा ज़िले के तरौनी गाँव (थाना बहेड़ा) में दिगम्बर झा के परदादा ने कुल्ली मँड़र के दादा को किसी दूसरे मालिक से ख़रीदा था और दिगम्बर झा के दादा ने पचास रुपये के फ़ायदे के साथ उसे बेच दिया। अभी तीन ही पीढ़ी पहले अंग्रेज़ी राज तक में यह प्रथा मौजूद थी और सच्चे धार्मिक हिन्दू हों चाहे मुसलमान, दोनों जब अपनी मनुस्मृतियों और हदीसों में दासों के ऊपर मालिकों के हक़ के बारे में पढ़ते हैं तो उनके मुँह में पानी भर आए बिना नहीं रहता।

आइए, रामराज्य की दास-प्रथा की एक झाँकी लीजिए। एक साधारण बाज़ार है जिसमें सिर्फ़ दास-दासियों की बिक्री होती है। लाखों वृक्षों का बाग़ है। खाने-पीने की चीज़ों की दुकानें सजी हुई हैं। भेड़-बकरियों और शिकार

किए जानवरों के अतिरिक्त उच्च वर्ण के आर्यों के भोजन तथा मधुपर्क के लिए गोमाँस ख़ास तौर से तैयार करके बेचा जा रहा है। जगह-जगह सफ़ेद दाढ़ी वाले ऋषि, दूसरे ब्राह्मण, क्षत्रिय और वैश्य अपने पड़ाव डाले पड़े हुए हैं। कोई नया दास या दासी ख़रीदने आया है, किसी के दिन कुछ बिगड़ गए हैं, इसलिए वह अपने दासों या दासियों को बेचकर कुछ नक़द जमा करना चाहता है। कुछ सिर्फ़ इस ख़याल से अपने दास-दासियों को मेले में लाए हैं कि उन्हें बेचकर 'नया' कर लिया जाए। कुछ बड़े व्यापारी ऐसे भी हैं जो झटपट बेचकर चले जाने की इच्छा रखने वालों की आसानी के लिए सस्ते में दास-दासी ख़रीद लेते हैं और अधिक मुनाफ़े के साथ बेचते हैं। स्वामियों ने महीनों पहले मेले में चलने का निश्चय कर लिया था। उन्होंने अपने दास-दासियों को ख़ूब अच्छा खाना देना शुरू किया था जिसमें कि माँस और चर्बी से उनकी हड्डियाँ ढक जाएँ और बाज़ार में अधिक दाम आ सकें। उनके सफ़ेद बालों को काला रंगा गया है और मेले में कपड़े-लत्ते से अच्छी तरह सँवारकर उनकी हाट लगायी गयी है। कहीं-कहीं आदमी अपने एकाध दास या दासी को लेकर बैठे हैं और कहीं-कहीं सौ-सौ, दो-दो सौ की पाँत लगी हुई है। ख़रीदारों की भीड़ है। ख़रीदने वाले कहते हैं—अबकी बाज़ार बहुत महँगा रहा, पिछले साल अठारह बरस की हड्डी-कट्टी सुन्दरी दासी दस रुपये में मिल जाती थी, अबकी बार तो तीस में भी हाथ धरने नहीं देते। एक आदमी को दासी ख़रीदनी है, लेकिन पैसे उसके पास कम हैं। वह एक चालीस बरस के सौदे के पास पहुँचता है। दासी के तिहाई बाल यद्यपि सफ़ेद हो गए थे, लेकिन उन्हें रंगकर काला किया था। मालिक की ख़ुशक़िस्मती समझिए कि दासी के दाँत सभी मज़बूत थे। ख़रीदार ने पास जाकर उसके दाँत देखे—बिलकुल दुरुस्त। आँखों देखीं—कोई फ़र्क नहीं। कान देख-सुन सकती है। हाथों को उठा और ठोंककर देखा—कमज़ोर नहीं है। चलाकर देखा—पैर भी दुरुस्त हैं। पूछा—“वाशिष्ठ जी! आपकी दासी बूढ़ी तो हो गयी है। लेकिन ख़ैर, हमारे यहाँ काम हल्का है; बतलाइए तो मूल्य क्या है?”

वाशिष्ठ—“गौतमजी, आप ग़लत कह रहे हैं। अभी तो यह बीस बरस की छोकरी है। आपने देखा नहीं कि इसके हाथ पैर कितने मज़बूत हैं, कितनी सुन्दरी

है; दस साल में दस तो इसके लड़के पैदा हो जाएँगे। दूना दाम तो एक ही लड़के से निकल आएगा। हम आपसे मोल-भाव करना नहीं चाहते। पचास रुपया हमें मिल रहा था। ख़ैर, आप परिचित हैं, आपको दस रुपया कम करके दे देंगे।"

गौतम–"आप तो बहुत कड़ा दाम माँग रहे हैं। बालों को काला कर देने और दो महीने के खिलाने-पिलाने से–यह न समझिए कि मैं नहीं जानता–यह पचास साल की बूढ़ी है। मुझे हल्का सौदा लेना है, यदि आप दाम-काम ठीक करें तो इसे ले लूँ।"

वाशिष्ठ–"आप मेले के दूसरे आदमियों की तरह मुझे भी समझ रहे हैं? इसी की बहन को मैंने सौ रुपये में अयोध्या के महाराज रामचन्द्र के लिए बेचा है। आजकल महाराज यज्ञ कर रहे हैं, दक्षिण में वह हर एक ऋषि को एक-एक तरुण सुन्दरी दासी देना चाहते हैं। देखा नहीं, इस साल दासियों का भाव बहुत चढ़ गया है? अच्छा जाइए, तीस ही रुपये दे दीजिए; हमें भी घर लौटने की जल्दी है। यह दासी ऐसी-वैसी नहीं है, यह ख़ूब नाचना-गाना जानती है। काली! ज़रा एक गीत तो सुना दे।"

काली ने एक गीत सुनाया और नाच के भी एक-दो तर्ज़ दिखलाए। अन्त में पन्द्रह रुपये पर सौदा पटा।

लोग अपने-अपने दासों को घर ले जा रहे हैं। कितनी दासियों के बच्चे बिककर सैकड़ों कोस दूर पहुँच गये हैं। कितनों के प्रेमी हमेशा के लिए छूट गये हैं। बच्चों और प्रेमियों के इस बिछोह के कारण किसी काम में उनका मन नहीं लग रहा है और नये मालिक उनसे काम लेने को उकता रहे हैं। दो-चार दिन जो नरमी देखी गयी, उसे ख़त्म करके अब ज़रा-ज़रा-सी शिकायत पर–दासियों पर कोड़े पड़ रहे हैं। दासों को जान तक मार डालने में मालिकों को कोई ज़बरदस्त सज़ा पाने का भय नहीं है। मालिक उनके प्रति वही ख़याल रखते हैं जो कि अपने पशुओं के लिए।

यह है रामराज्य में मनुष्यों के एक भाग का जीवन! और, यह है रामराज्य में मनुष्य का मोल! इसी पर हमको नाज़ है! ऋषियों की दया और सहृदयता का गुण गाते तो हम थकते नहीं, जिन ऋषियों के आश्रमों के आस-पास मनुष्य इस प्रकार ग़ुलाम बनाकर रखे जाते थे, जिन ऋषियों को स्वर्ग, वेदान्त और

ब्रह्म पर बड़े-बड़े व्याख्यान और सत्संग करने की फ़ुर्सत थी, जो दान और यज्ञ पर बड़े-बड़े पोथे लिख सकते थे, क्योंकि इससे उनको और उनकी सन्तानों को फ़ायदा था, परन्तु मनुष्यों के ऊपर पशुओं की तरह होते इन अत्याचारों को आमूल नष्ट करने के लिए उन्होंने किसी तरह के प्रयत्न की आवश्यकता न समझी। उन ऋषियों से आज के ज़माने के साधारण आदमी भी मानवता के गुण से अधिक भूषित हैं।

संस्कृति का अंग कला है। कला में हमने कहाँ तक सारे समाज का ख़याल रखा और पुराने ज़माने में भी साधारण जनता उससे फ़ायदा उठा सकती थी? सहस्राब्दियों से संगीत राजाओं और धनियों की कामुकता को उत्तेजित करने के लिए इस्तेमाल किया जा रहा है। संगीत की रुचि मनुष्य में स्वाभाविक होती है। सभ्यता के निम्न तल पर रहने वाली जातियों से लेकर सभ्यता के उत्कर्ष की चोटी तक पहुँची हुई जातियों तक सभी में नृत्य का प्रेम देखा जाता है। लेकिन यह हमारा ही देश है जो कि सभ्य कहलाने में दुनिया के सभी देशों से अपने को पहले रखना चाहता है; लेकिन इन दोनों ललित कलाओं को ऐसी निम्न श्रेणी में डाल रखा है कि जिनकी दुनिया में मिसाल नहीं। इंग्लैण्ड, अमेरिका और जापान के सुशिक्षित परिवार संगीत और नृत्य-कला को अपने सभ्य जीवन का एक अंग समझते हैं, लेकिन ये चीज़ें हमारे यहाँ वेश्याओं के लिए रख छोड़ी गयी हैं। इस श्रेणी के कारण संगीत और नृत्य-कलाएँ सम्भ्रान्त कुल की स्त्रियों से बहिष्कृत समझी जाती हैं।

हम संस्कृत हैं, हम सभ्य हैं–इस तरह अपने मुँह मियाँ मिट्टू बनने से दुनिया हमें सभ्य नहीं मानेगी। हमारे जीवन का हर एक अंग जिस तरह कलुषित और दिखावट से भरा हुआ है, उस तरह की जाति दुनिया में शायद ही कोई हो। अभी तक तो हमने आदमी की तरह रहना भी नहीं सीखा। पास-पड़ोस की सफ़ाई की अवहेलना में तो हम जानवरों से भी गये-बीते हैं। हिन्दुस्तान के गाँवों जैसे गन्दे गाँव दुनिया के किसी भी देश में खोजने से नहीं मिलेंगे। यह हमारे ही गाँव की ख़ूबी है कि एक अन्धा आदमी भी एक मील पहले से ही हमारे गाँव को पहचान लेता है, जबकि उसकी नाक पाख़ाने की बदबू से फटने लगती है। सफ़ाई के

लिए अपने को लासानी समझने वाले हमारे देश के हिन्दू-मुसलमान पाख़ाने के लिए किसी प्रबन्ध की कोई ज़रूरत नहीं समझते। गाँव के पड़ोस के खेत तो इसके लिए हैं ही। कोई भी विदेशी जो एक बार हिन्दुस्तानी गाँव से गुज़र जाएगा और पास के खेतों में अलग-अलग फैले हुए हवा और धूप में सूखते पाख़ानों को देखेगा, वह कैसे समझेगा कि हिन्दुस्तान में आदमी रहते हैं। एक बार मेरे एक जापानी मित्र को, जिनके स्नेहपूर्ण आतिथ्य को पाने का मुझे कई दिनों तक मौक़ा मिला था, भारत आने के लिए लिखा। उन्होंने भी यह इच्छा प्रकट की थी कि मैं भारत के ग्रामीण जीवन को नज़दीक से देखना चाहता हूँ। मुझे पत्र पाकर यह चिन्ता हुई कि किन गाँवों में मैं अपने मित्र को ले जाऊँ। सबसे बड़ी दिक्क़त मुझे पाख़ाने और नहाने की मालूम पड़ती थी। हिन्दुस्तान के गाँवों में खुले खेतों के अतिरिक्त पाख़ाने का कोई इन्तज़ाम नहीं। गाँव ही क्या, शहर में भी पचास हज़ार लगाकर महल बनाने वाले पाख़ाने के लिए पचास रुपये का 'सेप्टिक टैंक' लगाना दण्ड समझते हैं। गुसलखाना तो अंग्रेज़ों और क्रिस्तानों की चीज़ है। मेरे तरद्दुत को देखकर एक मित्र ने अपने यहाँ ख़ास तौर से पाख़ाने और गुसलख़ाने तैयार करने का इरादा ज़ाहिर किया। ख़ैर, मेरे जापानी मित्र ने अपनी यात्रा स्थगित कर दी। लेकिन पत्र को पाकर जिस फ़िक्र में मैं महीनों रहा, उससे मुझे यह तो मालूम हो गया कि हम लोग कितने पानी में हैं। मुझे आश्चर्य होता है कि हमारे पूर्वजों ने स्वच्छता के लिए अत्यन्त आवश्यक इन चीज़ों की ओर क्यों नहीं ध्यान दिया? बल्कि जो ध्यान दिया भी है तो उल्टा; जिससे स्वच्छता में और बाधा पड़ती है। पाख़ाना उठानेवाले को हमारे देश में सबसे नीच समझा जाता है। अभी तो उन जातियों को हमने आर्थिक चक्की से पीस रखा है और पेट के आगे उन्हें इज़्ज़त-आत्मसम्मान का ख़याल ही नहीं आता। लेकिन किसी-न-किसी दिन वह आवेगा ज़रूर। फिर समाज की इस सबसे बड़ी सेवा के लिए सबसे ज़बरदस्त लाँछना को सहने के लिए वे कैसे तैयार होंगे? और, यदि उन्होंने पाख़ाना साफ़ करना छोड़ दिया तो चन्द ही दिनों में क्या हमारे महल सूने नहीं हो जाएँगे? इंग्लैण्ड में चले जाइए, वहाँ जो व्यक्ति रसोई बनाता है, वह पाख़ाने में भी झाड़ू दे देता है। जापान में देखिए, वहाँ तो पाख़ाना बेचने वाले कितने सम्भ्रान्त व्यापारी हैं। किसी को पाख़ाना उठाने में घृणा नहीं है। हमारी दुनिया ही न्यारी है।

हर एक उपयोगी नयी चीज़ को ग्रहण करने में हम अपनी संस्कृति और सभ्यता की दुहाई देने लगते हैं। हैट, कोट, पतलून को देखकर हमारे कितने ही लोग नाक-भौं सिकोड़ते हैं। वित्त से अधिक ख़र्च करने का जहाँ तक सवाल है, वहाँ तक हम कुछ नहीं कहते; किन्तु ढीली-ढाली धोती या लम्बे-चौड़े सलवार क्या काम करने वाले आदमी के लिए उपयुक्त हो सकते हैं? अधबहियाँ कुर्ता, जाँघिया और सोला हैट (मोटा टोप) काम करने के लिए सबसे उपयुक्त पोशाक है। धूप से बचाने के लिए सोला हैट बड़े काम की चीज़ है। इन चीज़ों को पश्चिमी यूरोपीय या क्रिस्तानी कहकर हम दुत्कारते हैं। लेकिन क्या मालूम नहीं कि न ये पश्चिमी हैं, न यूरोपीय हैं और न क्रिस्तानी। दो सौ बरस पहले अंग्रेज़ों के पूर्वज भी सिर पर झोंटा रखते थे। उनकी पोशाक भी ऊल-जलूल थी। आधुनिक पोशाक पिछले दो सौ वर्षों के चिन्तन और परिवर्तन का परिणाम है। अभी महायुद्ध के आरम्भ तक यूरोप की स्त्रियाँ बड़े-बड़े बाल रखती थीं। उनकी पोशाक में आज से कई गुना ज़्यादा कपड़ा लगता था। कमर अस्वाभाविक तौर पर कसकर पतली बनायी जाती थी। आज यूरोप की स्त्रियों ने बाल कटा लिए हैं, उनकी पोशाक हल्की हो गयी है। कमर पतली करने की वह पुरानी सनक अब उनमें नहीं रही।

स्त्री-पुरुष का ब्याह किसलिए होता है? सन्तान ही उसमें मुख्य बात नहीं है। अव्वल तो हमारे यहाँ विवाह का भार ज़बरदस्ती माँ-बाप अपने ऊपर लेना चाहते हैं। सन्तान इसमें दस्तन्दाज़ी न करे, इसलिए बचपन में ही विवाह कर देना चाहते हैं। यह भी हमारी संस्कृति का एक बहुत 'उज्ज्वल' अंग है कि जिन्हें सारी ज़िन्दगी एक-दूसरे के साथ बितानी है, उन्हें एक-दूसरे की प्रकृति और दिलचस्पी से परिचय प्राप्त करने का मौक़ा बिना दिए हमेशा के लिए गले में बाँध दिया जाए। इस तरह की स्वेच्छाचारिता ने लाखों पारिवारिक जीवनों को नरक के रूप में परिणत कर दिया है, तो भी कोई इससे शिक्षा लेने को तैयार नहीं है। माता-पिता विवाह कर देते हैं, लेकिन विवाहित जोड़े के लिए समाज की सख़्त हिदायत है कि कम-से-कम जवानी भर वे एक-दूसरे से खुले तौर पर न मिलें। दुनिया के सभी भागों में विवाहित स्त्री-पुरुष की अलग चारपाई नहीं होती। वहाँ चारपाई अलग

होने का मतलब है तलाक़ की तैयारी। लेकिन हमारे यहाँ तो चारपाई ही अलग नहीं, सोने की जगह भी अलग होनी चाहिए और शिष्टता का तक़ाज़ा है कि पति घर वालों की जानकारी में पत्नी के पास न जाए। विवाहित पुरुष अपनी पत्नी को अपने साथ नहीं रख सकता। चाहे वर्षों नौकरी या व्यापार में दूर-दूर रहना पड़े तो भी इस तरह की स्वतन्त्रता को शिष्टाचार के विरुद्ध समझा जाता है।

सारांश यह कि जिस अपने इतिहास और संस्कृति का अभिमान हम करते हैं, वह हमें साधारण मनुष्य-जैसा जीवन भी बिताने देना नहीं चाहती। खान-पान, रहन-सहन, शादी-ब्याह, स्वास्थ्य-सफ़ाई और भाईचारा—सभी में वह हमें दुनिया की नज़र में ज़लील बनाना चाहती है। हमारे लिए सबसे अच्छा यही है कि अपने इतिहास को फाड़कर फेंक दें और संस्कृति से अपने को वंचित समझकर दुनिया की और जातियों से फिर क, ख पढ़ना सीखें।

5

तुम्हारी जात-पाँत की क्षय

हमारे देश को जिन बातों पर अभिमान है, उनमें जात-पाँत भी एक है। दूसरे मुल्कों में जात-पाँत का भेद समझा जाता है भाषा के भेद से, रंग के भेद से। हमारे यहाँ एक ही भाषा बोलने वाले, एक ही रंग के आदमियों की भिन्न-भिन्न जातें होती हैं। यह अनोखा जाति-भेद हिन्दुस्तान की सरहद के बाहर होते ही नहीं दिखलायी पड़ता। और इस हिन्दुस्तानी जाति-भेद का मतलब?—धर्म और आचार पर पूरा ज़ोर देने वाले, भिन्न जाति वालों के साथ खाना नहीं खा सकते, उनके हाथ का पानी तक नहीं पी सकते, शादी का सवाल तो बहुत दूर का है। मुसलमान और ईसाई तक भी इस छूत की बीमारी से नहीं बच सके हैं—कम-से-कम ब्याह-शादी में। अछूतों का सवाल, जो इसी जाति-भेद का सबसे उग्र रूप है, हमारे यहाँ सबसे भयंकर सवाल है। कितने लोग शरीर छू जाने से स्नान करना ज़रूरी समझते हैं। कितनी ही जगहों पर अछूतों को सड़कों से होकर जाने का अधिकार नहीं है। हिन्दुओं की धर्म-पुस्तकें इस अन्याय के आध्यात्मिक और दार्शनिक कारण पेश करती हैं। गांधीजी अछूतपन को हटाना चाहते हैं, लेकिन शास्त्र और वेद की दुहाई भी साथ ले चलना चाहते हैं। यह तो कीचड़-से कीचड़ धोना है।

अछूतपन को समझना दूसरे मुल्क के लोगों के लिए कितना कठिन है, इसका मैं उदाहरण देता हूँ। 1922 में ब्रिटिश गवर्नमेण्ट ने जब अपना

साम्प्रदायिक निर्णय दिया और गांधीजी ने उस पर आमरण अनशन शुरू किया, उस समय मैं लन्दन में था। बहुत दिनों के बाद यह सनसनीख़ेज़ ख़बर भारत के सम्बन्ध में इंग्लैण्ड के पत्रों में छपी। उन्होंने मोटी-मोटी सुर्खियाँ देकर इसे छापा। जिन देशों में अस्पृश्यता नहीं है, वहाँ के लोग इस बारे में क्या जानें? लन्दन यूनिवर्सिटी में पढ़ने वाले एक चीनी छात्र हमारे पास आए और उन्होंने पूछा–"अस्पृश्यता क्या है?" मैंने कुछ समझाना चाहा। उन्होंने पूछा–"क्या कोई छूत की बीमारी होती है या कोढ़ की तरह का कोई कारण होता है जिससे कि लोग आदमी को छूना नहीं चाहते?" मैंने कहा कि आदमी स्वस्थ और तन्दुरुस्त हमारी ही तरह होते हैं, हाँ अधिकांश की आर्थिक दशा हीन ज़रूर होती है। मैं आध घण्टे से अधिक अस्पृश्यता के बारे में समझाने की कोशिश करता रहा, लेकिन देखा कि मेरे दोस्त के पल्ले कुछ पड़ नहीं रहा है। तब मैंने अमेरिका के नीग्रो लोगों का उदाहरण देकर समझाना शुरू किया। अब यद्यपि मैं थोड़ा-बहुत समझाने में सफल हुआ, लेकिन तब भी वह उनकी समझ में नहीं आया कि एक ही रंग और रूप के आदमियों में अस्पृश्यता कैसी?

पिछले हज़ार बरस के अपने राजनीतिक इतिहास को यदि हम लें तो मालूम होगा कि हिन्दुस्तानी लोग विदेशियों से जो पददलित हुए, उसका प्रधान कारण जाति-भेद था। जाति-भेद न केवल लोगों को टुकड़े-टुकड़े में बाँट देता है, बल्कि साथ ही यह सबके मन में ऊँच-नीच का भाव पैदा करता है। ब्राह्मण समझता है, हम बड़े हैं, राजपूत छोटे हैं। राजपूत समझता है, हम बड़े हैं, कहार छोटे हैं। कहार समझता है, हम बड़े हैं, चमार छोटे हैं। चमार समझता है, हम बड़े हैं, मेहतर छोटे हैं और मेहतर भी अपने मन को समझाने के लिए किसी को छोटा कह ही लेता है। हिन्दुस्तान में हज़ारों जातियाँ हैं। और सबमें यह भाव है। राजपूत होने से ही यह न समझिए कि सब बराबर है। उनके भीतर भी हज़ारों जातियाँ हैं। उन्होंने कुलीन कन्या से ब्याह कर अपनी जात ऊँची साबित करने के लिए आपस में बड़ी-बड़ी लड़ाइयाँ लड़ी हैं और देश की सैनिक शक्ति का बहुत भारी अपव्यय किया है। आल्हा-ऊदल की लड़ाइयाँ इस विषय में मशहूर हैं।

इस जाति-भेद के कारण देश-रक्षा का भार सिर्फ़ एक जाति के ऊपर रख दिया गया था। जहाँ देश की स्वतन्त्रता के लिए सारे देश को क़ुर्बानी के लिए

तैयार रहना चाहिए, वहाँ एक जाति के कन्धे पर सारी ज़िम्मेदारी दे देना बड़ी ख़तरनाक बात थी। राजपूत जाति ने, जहाँ तक सैनिक उत्साह का सम्बन्ध है, अपने को अयोग्य नहीं साबित किया, तो भी सिर्फ़ देश-रक्षा की बात नहीं रह गयी, वहाँ तो उसके साथ-साथ राजशक्ति का प्रलोभन भी उनमें बहुत बड़ा था और इसी के लिए आपस में वे बराबर लड़ने लगे। उनके सामने मुख्य बात थी ख़ास-ख़ास राजवंशों की रक्षा करना। राजवंशों के पारस्परिक वैमनस्य—जो कि राजशक्ति को हथियाने के कारण ही था—उन्होंने राष्ट्रीय सैनिक-शक्ति को अनेकों टुकड़ों में बाँट दिया और वे एक साथ होकर विदेशियों से न लड़ सकी। यदि जात-पाँत न होती तो और मुल्कों की तरह सारे हिन्दुस्तानी देश की स्वतन्त्रता के लिए लड़ते। जातीय एकता के कारण छोटे-छोटे मुल्क बहुत पीछे तक अपनी स्वतन्त्रता क़ायम रखने में समर्थ हुए। इतना भारी देश हिन्दुस्तान जबकि बारहवीं शताब्दी में ही परतन्त्र हो गया, लंका (सीलोन) का छोटा टापू जिसकी आबादी अब भी पचास लाख के क़रीब है—1814 तक परतन्त्र न हुआ था। बर्मा तो उससे साठ-बरस और पीछे तक आज़ाद रहा है। हिन्दुस्तान के पड़ोस के इतने छोटे-छोटे मुल्क इतने दिनों तक अपनी स्वतन्त्रता को क्यों क़ायम रख सके, और आज भी अफ़गानिस्तान जैसे देश क्यों आज़ाद हैं। इसलिए कि वहाँ जाति इतने टुकड़ों में विभक्त नहीं है। वहाँ ऊँच-नीच का भाव इतना नहीं फैला है और देश के सभी निवासी अपनी स्वतन्त्रता के लिए क्षत्रिय बनकर कन्धे से कन्धा मिलाकर लड़ सकते हैं।

हिन्दुस्तान के इतिहास में कई बार ऐसा समय आया जबकि देश की स्वतन्त्रता फिर लौटी आ रही थी। लेकिन हमारी पुरानी आदतों ने वैसा होने नहीं दिया। शेरशाह के वंश के राजमन्त्री बहादुर हेमचन्द्र ने एक बार चाहा क्या, दिल्ली के तख़्त पर बैठ भी गया, लेकिन राजपूतों ने बनिया कहकर उसका विरोध किया। दूरदर्शी सम्राट अकबर ने सारे भारत को एक जाति में लाने का स्वप्न देखा, लेकिन उसका वह स्वप्न, स्वप्न ही रह गया। और उसके बाद के हिन्दू-मुसलमानों ने कभी उस जातीय एकता के ख़याल को फूटी आँखों देखना पसन्द नहीं किया। अंग्रेज़ों के हाथ में जाने से पहले भारत में सबसे बड़ा साम्राज्य मराठों का था, लेकिन वह भी ब्राह्मण-अब्राह्मण के झगड़ों के कारण चूर-चूर

हो गया। हमारे पराभव का सारा इतिहास बतलाता है कि हम इसी जाति-भेद के कारण इस अवस्था तक पहुँचे।

आधी शताब्दी से अधिक बीत गयी, जबसे कांग्रेस ने जातीय एकता क़ायम करने का बीड़ा उठाया। जो कुछ थोड़ी-बहुत एकता क़ायम करने में वह सफल हुई है, उसका फल भी हम देख रहे हैं और दो प्रान्तों को छोड़कर बाक़ी सभी प्रान्तों के शासन की बागडोर कांग्रेस के हाथ में है। (सिन्ध की सरकार भी कांग्रेस के प्रभाव को मानती है)। लेकिन कांग्रेस के नेताओं के मनोभाव को हम क्या देख रहे हैं? कांग्रेस के बड़े-बड़े हिन्दू जहाँ एक तरफ़ जातीय एकता के शोर से ज़मीन-आसमान एक करते रहते हैं, वहाँ दूसरी तरफ़ 'भारतीय संस्कृति' और हिन्दू-धर्म के प्रेम में किसी से एक इंच भी कम नहीं रहना चाहते। और इसी कारण वे अपने-अपने छोटे-से जातीय दायरे से ज़रा भी बाहर निकलने की हिम्मत नहीं रखते। कायस्थ कांग्रेस नेता कायस्थ जाति की एकता और उसके अगुवापन की परवाह बहुत ज़्यादा रखते हैं। जब उनका ब्याह-शादी या जन्म-मरण अपनी ही जाति के भीतर होने वाला है तो उनकी तो दुनिया ही कायस्थों के भीतर है। कायस्थ रिश्तेदार को–चाहे वह योग्य हो या अयोग्य, उसके और उसके परिवार के लिए कोई जीविका का प्रबन्ध करना तो ज़रूरी है–कोई नौकरी दिलानी ही होगी और ऐसे जाति भक्त के काम के लिए कोई भी अन्याय, अन्याय नहीं; पाप, पाप नहीं। भूमिहार कांग्रेस-नेता है। जब तक भूमिहार जाति से अलग उसका नाता-रिश्ता नहीं, तब तक वह कैसे भूमिहार से बाहर की दुनिया को अपनी दुनिया समझेगा? हमारे नेताओं में जातीयता के ये भाव कितने ज़बर्दस्त हैं, यह सभी जानते हैं। इस भाव के कारण हमारा सार्वजनिक जीवन बहुत गन्दा हो गया है और राष्ट्रीय शक्ति सबल नहीं होने पाती। राजनीतिक दल तो पहले से ही हैं, इसमें जातीय दलबन्दी अवस्था को और भी भयंकर बना देती है। यह जाति-भेद सिर्फ़ हिन्दुओं के ही राजनीतिक नेताओं में नहीं, बल्कि मुसलमान और दूसरे भी इससे बचे नहीं हैं। मुसलमानों के ऊँची-जाति के नेताओं के स्वार्थ और अदूरदर्शिता के कारण वहाँ भी मोमिन और ग़ैर-मोमिन का सवाल छिड़ गया है, यद्यपि मुस्लिम नवाबों और सेठ-साहूकारों की बराबर कोशिश हो रही है कि बाजा और गोकशी का सवाल रखकर निम्न श्रेणी के लोगों को उस प्रश्न

से अलग रक्खा जाए। लेकिन निश्चय ही इसमें असफलता होगी। राष्ट्रीय नेता की दृष्टि बहुत व्यापक होनी चाहिए। उनका अध्ययन और अनुभव विस्तृत होता है; और इस प्रकार वह भविष्य पर दूर तक सोच सकता है। लेकिन, उसकी यह शोचनीय मनोवृत्ति है। बिहार प्रान्त के कांग्रेसी नेताओं और मिनिस्टरों के इस जात-पाँत के भाव ने बड़ा ही घृणित रूप धारण कर लिया है। मिनिस्टर अपनी जाति के मेम्बरों की ठोस जमात अपने पीछे रखकर उसी दृष्टि से काम करते हैं; और, अवस्था यहाँ तक पहुँच गयी है कि यदि दृष्टिकोण में परिवर्तन नहीं हुआ तो सार्वजनिक जीवन की गन्दगी पराकाष्ठा को पहुँच जाएगी।

ये सारी गन्दगियाँ उन्हीं लोगों की तरफ़ से फैलायी गयी हैं जो धनी हैं या धनी होना चाहते हैं। सबके पीछे ख़याल है धन को बटोरकर रख देने या उसकी रक्षा का। ग़रीबों और अपनी मेहनत की कमाई खाने वालों को ही सबसे ज़्यादा नुक़सान है, लेकिन सहस्राब्दियों से जात-पाँत के प्रति जनता के अन्दर ख़याल पैदा किए गए हैं, वे उन्हें अपनी वास्तविक स्थिति की ओर नज़र दौड़ाने नहीं देते। स्वार्थी नेता ख़ुद इसमें सबसे बड़े बाधक हैं।

संसार की रविश हमें बतला रही है कि हम अधिक दिनों तक इस जातीय भेदभाव को क़ायम नहीं रख सकते। दुनिया की चाल को देखकर अब हिन्दुस्तान के अछूत, अछूत रहने को तैयार नहीं हैं–अर्जल (निम्न जाति) अर्जल रहने को तैयार नहीं है। अछूत और अर्जल बनाये रखकर सिर्फ़ उनके साथ अपमानपूर्ण बर्ताव ही नहीं किया जाता, बल्कि आर्थिक स्वतन्त्रता से भी उन्हें वंचित किया जाता है। फिर वे कब समाज में सहस्राब्दियों से पहले निर्धारित किये स्थान पर रहना पसन्द करेंगे और आज़ादी के दीवाने तो इस प्रथा के विरुद्ध जेहाद बोल चुके हैं। वे इसके लिए सब तरह की क़ुर्बानियाँ करने को तैयार हैं। उनके लिए राजनीतिक युद्ध से यह सामाजिक युद्ध कम महत्त्व नहीं रखता। वे जानते हैं कि जब तक जातियों की खाइयाँ बन्द न की जाएँगी, तब तक जातीय एकता की ठोस नींव रक्खी नहीं जा सकती। वे जानते हैं कि इस बात में मज़हब उनका सबसे बड़ा बाधक है, लेकिन वे मज़हब की परवाह कब करने वाले हैं। वे जात-पाँत के साथ हिन्दू धर्म को एक ही डण्डे से मारकर समुद्र में डुबाएँगे।

देखने में जात-पाँत की इमारत मज़बूत मालूम होती है, लेकिन इससे यह न समझना चाहिए कि उसकी नींव पर करारी चोट नहीं लग रही है। जातीय भेद के दो रूप हैं–एक, रोटी में छूत-छात, दूसरे, बेटी में असहयोग। रोटी में छूत-छात की बात उन्हीं धनिकों ने सबसे पहले तोड़नी शुरू की, जो अपने स्वार्थ को अक्षुण्ण रखने के लिए जातीय संगठनों और जातीय एकताओं के सबसे बड़े पोषक थे। धन उनके पास था और विलायत जाने के लिए सबसे पहले वे ही तैयार हुए। जहाँ पहले विलायत जाने वाले जात से बहिष्कृत किये जाते थे, वहाँ आज वे ही जात के चौधरी हैं। दरभंगा बीकानेर को ही नहीं, दूसरी जातियों के अगुवों को भी देख लीजिए। सभी जगह विलायत में सब तरह के लोगों के साथ, सब तरह का खाना खाकर लौटे हुए लोग ही आज नेता के पद पर शोभित हैं। आई.सी. एस. दामाद पाने वाला ससुर अपने को निहाल समझता है।

पिछले बीस बरसों से रोटी की एकता बड़ी तेज़ी के साथ क़ायम हो रही है। 1921 से पहले हिन्दू होटल शायद ही कहीं दिखलायी पड़ते थे। लेकिन आज छोटे-छोटे शहरों में ही चार-चार, छै-छै दर्जन होटल नहीं हैं, बल्कि छोटे-छोटे स्टेशनों पर खुल गए हैं। कुछ साल पहले तक किसको पता था कि छपरा स्टेशन के प्लेटफ़ॉर्म पर हिन्दू खोमचा वाला गोश्त-पराठे बेचता फिरेगा। मेरे एक दोस्त एक दिन पटने में किसी होटल में भोजन करने गए। उनकी क्यारी की बग़ल में एक लड़का बैठा था और उसकी बग़ल में एक तिरहुतिये ब्राह्मण चन्दन-टीका लगाकर बैठे थे। क्यारी छोटी थी और लड़के का हाथ ब्राह्मण देवता के शरीर से छू गया। वह उस पर आग बबूला हो गए, डाँटकर जात पूछने लगे। हमारे साथी ने लड़के को चुपके से समझा दिया–कह दो रैदास भगत (चमार)। लड़के ने जब ऐसा कहा तो ब्राह्मण का कौर मुँह का मुँह में ही रह गया। वह अभी बोलने को कुछ सोच ही रहे थे कि आसपास के लोग उन पर बिगड़ उठे–यह होटल है, यहाँ दाल-भात की बिक्री होती है। तुमने जात-पाँत क्यों पूछी? ब्राह्मण देवता को लेने के देने पड़ गए। यदि खाना छोड़कर जाते हैं, तो यही नहीं कि पैसे दण्ड पड़ेंगे, बल्कि सब लोगों को खुलकर हँसी उड़ाने का मौक़ा मिलेगा। इसलिए बेचारे ने सिर नीचा करके चुपचाप भोजन कर लिया।

रोटी की छूत का सवाल हल-सा हो चुका है। शिक्षित तरुण इसमें हिन्दू-मुसलमान का भेद-भाव नहीं रखना चाहते। लेकिन बेटी का सवाल अब भी मुश्किल मालूम पड़ता है। एक दिन रेल में सफ़र करते मुझे एक मुसलमान नेता मिले। वह समाजवादियों के नाम से हद से ज़्यादा घबराए हुए थे। बोले, "समाजवादी, ख़ैर, लोगों की ग़रीबी दूर करना चाहते हैं, इस्लाम भी मसावात (समानता) का प्रचारक है, लेकिन वे मज़हब के ख़िलाफ़ क्यों हैं?"

मैं–"साम्यवादी मज़हब के ख़िलाफ़ अपनी शक्ति का तिल भर भी ख़र्च करना नहीं चाहते। वे तो चाहते हैं कि दुनिया में सामाजिक अन्याय और ग़रीबी न रहने पाए।"

मौलाना–"इसमें हम भी आपके साथ हैं।"

मैं–"आप भी साथ हैं? क्या आप सारे हिन्दुस्तानियों की रोटी-बेटी एक कराने के लिए तैयार हैं?"

मौलाना–"इसकी क्या ज़रूरत है?"

मैं–"क्योंकि ग़रीब तब तक आज़ादी हासिल नहीं कर सकते, तब तक अपनी कमाई स्वयं खाने का हक़ पा नहीं सकते, जब तक कि वे एक होकर अपने चूसने वालों–चाहे वे देशी हों या विदेशी–का मुक़ाबला करके उन्हें परास्त नहीं करते।"

मौलाना–"रोटी तक तो हम आपके साथ हैं, लेकिन बेटी में नहीं।"

पास ही एक पण्डित जी बैठे हुए थे जो बातचीत से वकील मालूम होते थे। वह झट बोल उठे– "आप लोग तो दूसरे मुल्कों के साँचे में हिन्दुस्तान को भी ढालना चाहते हैं। आप लोग यह सोचने की तकलीफ़ गवारा नहीं करते कि हिन्दुस्तान धर्म-प्राण मुल्क है, इसकी सभ्यता और संस्कृति निराली है। भारत यूरोप नहीं हो सकता। रोटी की तो बात, ख़ैर, एक होती देखी जा रही है; लेकिन बेटी एक होने की बात कहकर तो आप शेखचिल्ली को भी मात करते हैं।"

मैं–"कुछ बरसों पहले रोटी की एकता भी शेखचिल्ली की ही बात थी। ख़ैर, आज आप उसे तो क़बूल करते है न? बेटी की भी बात शेखचिल्ली की नहीं। बीस बरस पहले के चौके-चूल्हे को देखकर किसको आशा थी कि हमें आज का दिन देखना पड़ेगा? हिन्दू खुल्लम-खुल्ला मुसलमान और ईसाई के

साथ खाना खाते हैं, लेकिन बिरादरी की मजाल है कि उनसे नाता-रिश्ता तोड़ें? हिन्दू-मुसलमान की शादियाँ होनी शुरू हो गयी हैं। पण्डित जवाहरलाल की भतीजी ने मुसलमान से शादी की है और बिना कलमा पढ़े। आसफ़ अली की बीवी अरुणा ने इस्लाम धर्म को स्वीकार नहीं किया। प्रोफ़ेसर हुमायूँ कबीर ने भी इसी तरह की शादी बंगाल में की है। ऐसी मिसालें दर्ज़नों मिलेंगी जिनमें हिन्दू युवतियों ने बिना मज़हब बदले शादियाँ की हैं। हिन्दू नवयुवक भी धर्म की ज़ंजीर तोड़कर शादी करने लग गए हैं। गोरखपुर के श्री श्यामाचरण शास्त्री ने बिना शुद्धि के मुसलमान लड़की से शादी की है। गुजरात के एक सम्भ्रान्त कुल के हिन्दू युवक ने एक प्रतिष्ठित मुसलमान-कुल की सुशिक्षिता लड़की से शादी की है। यह निश्चित है कि दिन-प्रतिदिन ऐसे ब्याहों की संख्या बढ़ती ही जाएगी। समाज के ज़बर्दस्त बाँध में जहाँ सुई भर का भी छेद हो गया, वहाँ फिर उसका क़ायम रहना मुश्किल है।"

जात-पाँत तोड़कर एक धर्म के भीतर शादियाँ तो और ज़्यादा हैं। लेकिन हमारे देश का दुर्भाग्य है कि जिस काम को अवश्य करना है, उसे भी लोग बहुत धीमी चाल से करना चाहते हैं। ठोस जातीय एकता हमारे लिए सबसे आवश्यक चीज़ है और वह मज़हबों और जातों की चहारदीवारियों को ढहाकर ही क़ायम की जा सकती है। हमारी रविश जिस बात को अवश्यम्भावी बतला रही है, जिसे किये बिना हमारे लिए दूसरा कोई रास्ता नहीं; उसके करने में इतनी ढिलाई दिखलाना क्या सरासर बेवक़ूफ़ी नहीं है?

हिन्दुस्तानी जाति एक है। सारे हिन्दुस्तानी, चाहे वे हिन्दू हों या मुसलमान, बौद्ध हों या ईसाई, मज़हब के मानने वाले हों या लामज़हब; उनकी एक जाति है–हिन्दुस्तानी, भारतीय। हिन्दुस्तान से बाहर यूरोप और अमेरिका में ही नहीं, पड़ोस के ईरान और अफ़गानिस्तान में भी हम इसी–हिन्दी–नाम में पुकारे जाते हैं। हिन्दू सभा वाले अपने भीतर की जातियों को तोड़ने के लिए चाहे उतना उत्साह न भी दिखलाते हों, लेकिन वे मौक़े-बे-मौक़े यह घोषणा ज़रूर कर दिया करते हैं कि हिन्दू जाति अलग है। मुस्लिम लीग ने तो बीड़ा उठाया है कि मुसलमानों की हमेशा के लिए अलग जाति बनायी जाए। वह तो बल्कि इसी विचार के अनुसार हिन्दुस्तान को अलग हिस्सों में बाँटना चाहती है। नौ

करोड़ मुसलमानों में सात करोड़ तो सीधे ही वह ख़ून अपने शरीर में रखते हैं जो कि हिन्दूओं के बदन में है। और, बाक़ी दो करोड़ में कितने हैं जो कलेजे पर हाथ रखकर कह सकते हैं कि उनमें चौथाई भी ग़ैर-हिन्दुस्तानी ख़ून है? जाति का निर्णय ख़ून से होता है। और, इस कसौटी से परखने पर दुनिया का कोई भी आदमी–हिन्दुस्तान से बाहर–हिन्दुस्तान के मुसलमानों को अलग क़ौम मानने को तैयार नहीं हो सकता। तीन-चौथाई अरबी शब्द बोलकर हिन्दुस्तानी मुसलमान न अरब में जाकर हिन्दी छोड़कर दूसरा कहला सकता है और न अरबी ज़बान को वह अपनी मातृभाषा ही बना सकता है। हमारे नौजवान इस बँटवारे को अधिक दिनों तक बर्दाश्त नहीं कर सकते। नयी सन्तानों के लिए तो अच्छा होगा कि हिन्दुओं की औलाद अपने नाम मुसलमानी रक्खे, और मुसलमानों की औलाद अपने नाम हिन्दू रक्खे; साथ ही मज़हबों की ज़बर्दस्त मुख़ालफ़त की जाए। सूरत-शकल के बनावटी भेद को भी मिटा दिया जाए। इस प्रकार मज़हब के दीवानों को हम अच्छी तालीम दे सकते हैं।

निश्चय है कि जात-पाँत की क्षय करने से हमारे देश का भविष्य उज्ज्वल हो सकता है।

6

तुम्हारी जोंकों की क्षय

जोंकें? जो अपनी परवरिश के लिए धरती पर मेहनत का सहारा नहीं लेतीं। वे दूसरों के अर्जित ख़ून पर गुज़र करती हैं। मानुषी जोंकें पाशविक जोंकों से ज़्यादा भयंकर होती हैं। इन्होंने मानव-जीवन को कितना हीन और संकटपूर्ण बना दिया, इसका ज़िक्र कुछ पहले हो चुका था और आगे भी कुछ करेंगे। इन जोंकों की उत्पत्ति कैसे हुई? आरम्भिक मनुष्य असभ्य था, वह जंगल में रहता था। लेकिन अपनी जीविका वह धरती में खोजता था। वह शिकार करता था। वह जंगल में फल तोड़ता था, लेकिन दूसरे की कमाई, दूसरे के ख़ून को चूसकर गुज़ारा करना पसन्द नहीं करता था। आत्मरक्षा के लिए वह अपना नेता भी बनाता था। समाज का साधारण संगठन भी करता था। लेकिन चूसने वाले के लिए वहाँ स्थान न था। शिकारी अवस्था से मनुष्य पशुपालक की अवस्था में आया। अब भी उनके नायक और शासक ख़ुद अपनी भेड़ और गायें रखते थे। हाँ, अब कभी-कभी एक-आध भेड़-गाय उनके पास पहुँचने लगी और इस प्रकार बहुत हल्के रूप में मानुषी जोंकों का आविर्भाव हुआ। कृषक की अवस्था में पहुँचने पर नेता और शासकों का प्रभाव और बढ़ा। उन्होंने राजा का रूप धारण करना शुरू किया। यद्यपि पहले समाज की आत्मरक्षा के लिए शस्त्र और शासन की सुव्यवस्था का भार उन पर सौंपा गया था और उनका पद तभी तक सुरक्षित था जब तक कि उन

कार्यों के संचालन की योग्यता उनमें मौजूद रहती। योग्यता द्वारा निर्वाचित राजा भेंट और कर में अधिक धन एकत्र करने में सफल हुआ और इस प्रकार योग्यता के अतिरिक्त धन की शक्ति उसके हाथ आयी। अब जहाँ वह अपने शासक और नेता होने के ज़रिए लोगों पर प्रभाव डालता था, वहाँ धन का प्रलोभन देकर के भी कुछ लोगों को अपनी ओर खींच सकता था। इस तरह वह जहाँ कितने ही अत्याचार भी करने का साहस रखता था, वहाँ साथ ही यह भी कोशिश करने लगा कि उसके बाद उसका स्थान उसके लड़के को मिले। शताब्दियों के प्रयत्न से योग्यता का सबब भाड़ में चला गया और राजा की ज्येष्ठ सन्तान राजा बनने लगी। सम्पूर्ण राज-परिवार का ख़र्च दूसरों के ऊपर लदने लगा। इन जोंकों ने यही नहीं कि अपनी परिवरिश दूसरों की कमाई से चलानी शुरू की, बल्कि कितने ही धरती से धन उपजाने वाले को भी नौकर-परिचारक रखकर समाज को उनके श्रम से वंचित रखा। ख़ानदानी राजा तब तक इस प्रकार शोषण, निठल्लापन और अपनी वासना-तृप्ति के लिए तरह-तरह की गन्दगी फैलाते रहते जब तक कि जनता को ऊबते देखकर कोई सेनापति या मन्त्री राजा का वध कर नये राजवंश की नींव नहीं डालता। जब से राजा अधिक सम्पत्ति का स्वामी और ग़ैर-जवाबदेह शासक बनने लगा, तब से 'यथा राजा तथा प्रजा' का अनुकरण करते हुए कितने ही लोग स्वयं भी जोंक बनकर आराम से सुख और चैन की ज़िन्दगी बसर करने लगे। राजा भी प्रलोभन दे-देकर उन्हें इसके लिए उत्साहित करते थे। धरती से धन पैदा करने वाले का स्थान समाज में बहुत नीचा हो गया था और राजा, राजकुमार, पुरोहित, मन्त्री, सामन्त ही नहीं, बल्कि उनके परिचारक भी धन कमाने वालों से अधिक सम्मानित समझे जाते थे। शारीरिक श्रम को बहुत हेय दृष्टि से देखा जाता था। अब जोंकों की एक और श्रेणी भी पैदा हो गयी जो कारीगरों और किसानों द्वारा उत्पादित चीज़ों के क्रय-विक्रय का काम करती थी। इन साधारण बनियों ने लाभ-वृद्धि के साथ-साथ अपने काम को भी अधिक विस्तृत और सुव्यवस्थित किया। इनके बड़े-बड़े दल (कारवाँ) देश के एक कोने की चीज़ दूसरे कोने में पहुँचाते और आँख मूँदकर नफ़ा कमाते थे। राजा, राजकुमारों के बाद अपनी राज-सेवा के उपहार में जिन मन्त्रियों और सेनानायकों को बड़ी-बड़ी जागीरें मिलीं, वे भी महत्त्वपूर्ण स्थान रखते थे, और

उनके बाद नम्बर था बनियों का। समाज में अब भी पुराना भाव कभी-कभी मौज मारता था जबकि किसान की कमाई को सबसे शुभ कमाई समझा जाता था। राजचाकरी और वाणिज्य को निम्न श्रेणी की जीविका मानते थे, लेकिन दुनिया का सुख और वैभव तो उसी के लिए है जिसके पास धन है, चाहे वह धन किसी भी तरह प्राप्त किया गया हो। राजकार्य और व्यापार की तो बात ही क्या, सूद के लाभ–जिसे कि पाप का धन अभी हाल तक समझा जाता रहा है–को भी कोई छोड़ने के लिए तैयार न था। सामन्त दासों और अर्द्ध-दास किसानों की पलटन से खेती कराते तथा कारीगरों से बेगार में चीज़ें तैयार कराते। व्यापारी स्थल और जलमार्ग से व्यापार ही नहीं करते थे, बल्कि कभी-कभी कुछ कारीगरों को जमा कर उनसे वाणिज्य की कितनी ही चीज़ें भी बनवाते थे। बिना मेहनत की कमाई अब सबसे इज़्ज़त की कमाई हो गयी थी। और क्यों न हो, जब कि हज़ारों बरस से पुरोहित लोग ख़ुद इस लूट के नफ़े से मौज करते आ रहे थे। उन्हीं के हाथ में भले-बुरे की व्यवस्था थी।

बढ़ते-बढ़ते अवस्था जब यहाँ तक पहुँची तो समझा जाने लगा कि राजा अपनी पुरानी तपस्या का उपभोग करने या ख़ुदा की न्यामत को हासिल करने के लिए धरती पर आया है, तब बहुत हुआ तो राजवंश के संस्थापक प्रथम व्यक्ति ने कुछ योग्यता का परिचय दिया और उसके उत्तराधिकारी–चाहे योग्य हो या अयोग्य, सिर्फ़ भोग-विलास के लिए राजसिंहासन पर बैठते थे। मुफ़्त के भोग-विलास को देखकर किसके मुँह में पानी न भर आता। और उसके लिए जब राजा लोग आपस में लड़ने लगते, तो योग्य सेनानायकों का महत्त्व बढ़ना ज़रूरी था। फिर उनकी जागीरें बढ़ीं और हालत यहाँ तक पहुँची कि राजा सामन्तों के हाथ की कठपुतली हो गया।

शिकार और कृषि के साथ पहले जोंकों का जन्म होता है। राजशाही युग में उनकी संख्या कुछ बढ़ती है और राजकुमार, राजकर्मचारी, व्यापारी तथा इनके परिचारक जोंकों की श्रेणी में शामिल होकर संख्या को और बढ़ा देते हैं। जब राजा सामन्तों के हाथ की कठपुतली हो जाते हैं, तब सामन्तों की स्वेच्छाचारिता का पृष्ठपोषण करना भी अपना कर्तव्य समझते हैं–ऐसी सामन्तशाही के युग में जोंकों की संख्या कई गुना बढ़ जाती है। इस युग का

अन्त होने के समय यूरोप के बनियों को अपना प्रभाव बढ़ाने का नया मौक़ा मिलता है। 'वाणिज्ये बसते लक्ष्मीः' की कहावत प्रसिद्ध ही है। इंग्लैण्ड के व्यापारी भी पुर्तगाल, स्पेन आदि के व्यापारियों की देखा-देखी दुनिया के दूर-दूर देश में व्यापार करने लगे। इंग्लैण्ड में उनके पास अपार सम्पत्ति जमा होने लगी। यूरोप के भिन्न-भिन्न देशों में व्यापार के सम्बन्ध में प्रतिद्वन्द्विता बढ़ने लगी, तो भी धरती का बहुत-सा हिस्सा अछूता था और सभी साहसियों के लिए कहीं न कहीं काम का क्षेत्र मौजूद था। अठारहवीं शताब्दी के अन्त तक यूरोप के व्यापारियों में अंग्रेज़ों ने प्रमुख स्थान प्राप्त कर लिया था। उनके पास दुनिया में सबसे अधिक बाज़ार थे। उनके माल से भरे जहाज़ इंग्लैण्ड से बाज़ारों को और बाज़ारों से इंग्लैण्ड को छह-छह महीने चलकर पहुँचाते थे। उस समय की लकड़ी को नावों–जिन्हें पाल और पतवार के सहारे एक जगह से दूसरी जगह ले जाया जाता था–में यात्रा बड़ी संकट की थी, लेकिन अपार नफ़े के सामने संकट क्या चीज़ थी। व्यापारियों को सबसे अधिक चिन्ता थी–अधिक से अधिक परिमाण में माल कैसे तैयार हो। इसी समय इंग्लैण्ड में इंजिन का आविष्कार हुआ। भाप से चालित यन्त्र अधिक परिमाण में और ज़्यादा तेजी के साथ माल तैयार करने लगा। इंजिनों को रेल और जहाज़ में लगा देने पर लम्बी-लम्बी यात्राएँ भी छोटी हो गयीं और ख़तरा तथा परतन्त्रता भी कम होती गयी।

यन्त्रों के आविष्कार से, उनके द्वारा बनी चीज़ों की अपेक्षा हाथ की बनी चीज़ें महँगी पड़ने लगीं और हाथ के कारीगर बेकार होने लगे। बेकारी से कुपित होकर कारीगरों ने कितने ही कारख़ानों को तोड़ा, जगह-जगह बलवे हुए। लेकिन अब व्यापारियों की शक्ति साधारण नहीं रह गयी थी। धन के कारण राजदरबारों में उनका प्रभाव और सम्मान सामन्तों की तरह होने लगा था और धन के बल पर शासन-तन्त्र पर वह अपना अधिकार जमा रहे थे। जिस यन्त्रचालित कारख़ानेदार–पूँजीपति के पीछे राजशक्ति थी, उसका मुक़ाबला ये कारीगर क्या करते? धीरे-धीरे उनके बलवे तो ठण्डे पड़ गये जिसमें दमन के अतिरिक्त एक यह भी कारण था कि यान्त्रिक कारख़ाने मुख्यतः इंग्लैण्ड में ही स्थापित हुए थे और इंग्लैण्ड के पास सारी दुनिया का बाज़ार पड़ा हुआ था। इस प्रकार वहाँ के पूँजीपति सभी कारीगरों को बेकार न करके उन्हें नये-नये कारख़ानों में लगाते

जाते थे। जैसे ही जैसे व्यापार चमकता गया, वैसे ही वैसे पूँजीपतियों के पास अपार धनराशि जमा होती गयी। वहाँ का राज शासन भी पूँजीपतियों के हाथ चला गया और राजशाही या सामन्तशाही सरकार की जगह पूँजीवादी सरकार स्थापित हुई। इसका पवित्र कर्तव्य था पूँजीपतियों के स्वार्थों की रक्षा करना।

इस नयी आर्थिक व्यवस्था से संसार में तरह-तरह की उथल-पुथल होने लगी। देश के श्रमिक पूँजीपतियों के अर्थदास बनने लगे। जिन देशों पर पूँजीवादियों का शासन था, वहाँ पर भी उसी स्वार्थ को सामने रखकर काम लिया जाने लगा। इंग्लैण्ड में सामन्तशाही का स्थान पूँजीशाही ने लिया था, किन्तु हिन्दुस्तान में उस वक़्त तक सामन्तशाही ही चल रही थी। तो भी अंग्रेज़ी पूँजीशाहों ने अपने देश की तरह हिन्दुस्तान से सामन्तशाही को लुप्त होने नहीं दिया। उसी का परिणाम है कि यद्यपि सारे भारतवर्ष पर अंग्रेज़ी पूँजीशाही का शासन है तो भी भीतर में सामन्तशाही को रियासतों और बड़ी-बड़ी ज़मींदारियों के रूप में क़ायम रखा गया है। पूँजीवाद मनुष्यों को अर्थदास बनाता है और बराबर बेकारी पैदा करके उन्हें नरक की यातना में ढकेलता है, यह बात तो अब स्पष्ट हो चुकी थी। उन्नीसवीं शताब्दी के मध्य तक बाज़ारों और साम्राज्य के विस्तार के लिए आपस में लड़ती यूरोप की राजशक्तियों ने यह भी दिखला दिया था कि पूँजीवाद युद्धों का प्रधान कारण है।

इसी समय जर्मनी में एक विचारक पैदा हुआ जिसका नाम था कार्ल मार्क्स। उसने बतलाया कि बेकारी और युद्ध पूँजीवाद के अनिवार्य परिणाम रहेंगे, बल्कि जितना ही पूँजीवाद की संरक्षकता में यन्त्रों का प्रयोग बढ़ता जाएगा, बेकारी और युद्ध उतना ही भयानक रूप धारण करते जाएँगे–उसने इससे बचने का एक ही उपाय बतलाया–साम्यवाद। जर्मनी, फ़्रांस–जहाँ भी उसने अपने इन विचारों को प्रकट किया, वहाँ की सरकारें उसके पीछे पड़ गयीं। पूँजीपति समझ गये कि साम्यवाद उनकी जड़ काटने के लिए है। उसमें तो सारी सम्पत्ति का मालिक व्यक्ति न होकर समाज रहेगा। उस वक़्त हर एक को अपनी योग्यता के मुताबिक़ काम करना पड़ेगा और आवश्यकता के मुताबिक़ जीवन-सामग्री मिलेगी। सबके लिए उन्नति का मार्ग एक-सा खुला रहेगा। कोई किसी का नौकर और दास नहीं रहेगा। भला धनी इसे कब पसन्द करने वाले थे? लेकिन अभी तक

मार्क्स के विचार सिर्फ़ हवा में गूँज रहे थे। मज़दूरों पर उनका असर बिलकुल हल्का-सा पड़ रहा था, इसलिए पूँजीवादियों का विरोध तेज़ न था–ख़ास करके जबकि उन्होंने देखा कि एक समय के आग उगलने वाले प्रलोभनों को हाथ में आया पाकर वे पूँजीवाद के सहायक बन सकते हैं। दुनिया की जोंकों ने समझा कि साम्यवाद हमेशा हवा और आसमान की चीज़ रहेगा और उसे कभी ठोस ज़मीन पर उतरने का मौक़ा नहीं मिलेगा।

पूँजीवाद धीरे-धीरे हर मुल्क में बढ़ रहा था। यूरोप में तो उसकी गति बड़ी तेज़ थी। अन्त में सिपाहियों का देश जर्मनी भी उसकी बाढ़ से न बच सका। बल्कि प्रतिभाशाली जर्मनों ने यन्त्रों के आविष्कार और प्रयोग में और भी अधिक योग्यता दिखलायी। पूँजीवादी सरकारों ने दाँव-पेंच लगाकर दुनिया के हिस्से-बखरे कर लिये। जर्मनी ने देखा कि उसके लिए तो कहीं जगह नहीं। इसके लिए उसने वर्षों की तैयारी की, क्योंकि वह जानता था कि हथियार के बल पर उसे नया बाज़ार मिल सकता है। इसी आकांक्षा, इसी तैयारी का परिणाम था 1914 ई. का महायुद्ध। पूँजीवादी फ़ैक्टरियों में ग़रीबों का ख़ून चूसकर तृप्त न थे। वे बाज़ार और नफ़ा लूटने के लिए बड़े पैमाने पर नर-संहार करना चाहते थे। जो कहते हैं कि महायुद्ध आस्ट्रिया के युवराज की हत्या के कारण हुआ था, वे या तो भोले-भाले हैं या जान-बूझकर झूठ बोलते हैं। युद्ध हुआ था जोंकों की ख़ून की प्यास के कारण। जर्मनी की जोंकें परास्त हुईं। फ़्रांस और इंग्लैण्ड की जोंकें विजयी। इन जोंकों की लड़ाई में एक फ़ायदा हुआ कि दुनिया के छठे हिस्से–रूस से जोंकों का राज उठ गया। अब वहाँ ईमानदारी से कमाकर खाने वालों का राज है। आरम्भ में दुनिया की जोंकों ने पूरी कोशिश की कि वहाँ साम्यवादी शासन न होने पाए। लेकिन रूस के मज़दूरों और किसानों ने हर तरह की क़ुर्बानी करके, जान पर खेलकर अपनी स्वतन्त्रता की रक्षा की। लेनिन के नायकत्व में संस्थापित रूस की साम्यवादी सरकार आज दुनिया की जोंकों की आँखों में काँटे की तरह चुभ रही है। सारा पूँजीवादी जगत देख रहा है कि दुनिया के सभी मज़दूर-किसान रूस की तरफ़ स्नेह-भरी निगाह से देखते हैं और उससे अन्तःप्रेरणा ले रहे हैं।

महायुद्ध के अन्त में जोंकों की रक्तपिपासा के नंगे नाच को देखकर तथा रूस की क्रान्ति से प्रभावित होकर यूरोप के कितने ही देशों के मज़दूरों में साम्यवाद का ज़ोर बढ़ा। सामग्री तैयार थी, उसका उपयोग करके वहाँ भी साम्यवादी शासन स्थापित करने के लिए। लेकिन श्रमजीवियों का नेतृत्व जिन कमज़ोर दिलवाले शिक्षितों के कन्धों पर था, उन्होंने अपनी कायरता और कमज़ोरी को जनता के मत्थे मढ़ा और इस प्रकार श्रमजीवी-जागृति का वह वेग विशृंखलित हो गया। पूँजीपति महत्त्वाकांक्षी साम्यवादी नेताओं–जो कि आपस में होड़ और अनबन के कारण अपने लिए किसी बड़ी चीज़ की आशा न रखते थे–को आसानी से अपनी ओर मिला सकते थे, इसके लिए सिर्फ़ दो चीज़ों की ज़रूरत थी। एक तो आदर्श-द्रोही नेता को नेतृत्व दे दिया जाए और इसमें पूँजीवाद को कोई नुक़सान तो था नहीं, दूसरे, उसी थैली से मदद दी जाए और यह बात भी पूँजीपतियों के लिए कड़वी नहीं थी, क्योंकि उनके हाथ से सारी की सारी थैली को मज़दूर छीन लेने वाले थे। इस प्रकार पूँजीवाद ने नया रूप–'फ़ासिज़्म' धारण किया। उसने असली उद्देश्य को छिपाकर सामन्तशाही के विनाशक पूँजीवाद के हथकण्डे इस्तेमाल किये और राष्ट्रीयता के नाम पर जनता को अपने झण्डे के नीचे एकत्रित होने के लिए आह्वान किया। वर्षों से मज़दूर और किसान अपने शिक्षित मध्यम श्रेणी के साम्यवादी नेताओं की कायरता और विश्वास से तंग आ गये थे। उन्होंने फ़ासिज़्म को राष्ट्रीय पुनरुज्जीवन का सन्देशवाहक समझकर मदद दी, और, इस प्रकार फिर से पूँजीवाद ने अपने को मज़बूत किया। शोषकों और शोषितों को क़ायम रखने वाले फ़ासिज़्म श्रमिकों के दुखों को भीतर से दूर कर नहीं सकते थे, इसलिए उन्होंने दूसरे देशों पर नज़र गड़ायी। इटली में फ़ासिज़्म के जन्म का यह इतिहास है।

जर्मनी की जोंकें भी महायुद्ध में पराजित हुईं, लेकिन विजेता कभी यह नहीं चाहते थे कि पराजित जोंकें बिलकुल नष्ट कर दी जाएँ। वह जानते थे कि जर्मनी में जोंकों का लोप इंग्लैण्ड और फ्रांस पर पूरा प्रभाव डालेगा। इसलिए उन्होंने उन्हें जीते रहने दिया। लड़ाई के बाद जर्मनी के श्रमजीवी भी अपने देश की जोंकों के अत्याचार को देखते-देखते तंग आ गये थे और उनमें बड़ी जागृति हुई तो भी शब्द के प्रयोग में प्रवीण, किन्तु मैदान में अत्यन्त कायर शिक्षित नेतागण ने उन्हें

धोखा दिया और वे स्वर्ण-युग को लाने का दिलासा दे-देकर दिन बिताते रहे। जोंकें इतनी बेवक़ूफ़ न थीं। वे अवसर ताक रही थीं। जब साम्यवादी इस तरह अपने क़ीमती समय को बरबाद कर रहे थे, उस समय जोंकें भी मंसूबे बाँध रही थीं। युद्ध के बाद की घटनाओं को देखकर पूँजीवादियों को विश्वास हो गया कि उनके स्वार्थों की रक्षा वही कर सकता है जो स्वयं श्रमजीवी-श्रेणी का हो और जिसके दिल में पूँजीवादी श्रेणी के अस्तित्व की आवश्यकता ठीक जँचती हो। नात्सिज़्म ने जर्मनी में जातीय पराभव और अपमान के नाम पर लोगों को अपनी ओर खींचना शुरू किया। पूँजीवादियों ने हिटलर के भूरी कमीज़ वाले संगठन को दृढ़ करने के लिए अपनी थैलियाँ खोल दीं। नेताओं के विश्वासघात से पीड़ित और कर्तव्यविमूढ़ श्रमजीवी-श्रेणी धीरे-धीरे हिटलर के फ़रेब में फँसने लगी और 1933 तक उसने अपनी शक्ति इतनी मज़बूत कर ली कि शासन की बागडोर उसके हाथ आ गयी। हिटलर के शासन के चार वर्षों–1933 से 1937 के बीच मज़दूरों की जीवन-वृत्ति जर्मनी में आधी हो गयी और पूँजीपति चैन की बाँसुरी बजाने लगे तो भी पूँजीवाद के नये अवतार फ़ासिज़्म और नात्सिज़्म श्रमजीवी जनता की आँख में धूल झोंकना अच्छी तरह जानते हैं। हिटलर ने जर्मनी के स्वाभिमान को लौटाने और वृहत्तर जर्मनी के निर्माण का प्रोग्राम उनके सामने रखा। फ़्रांस और इंग्लैण्ड का पूँजीवाद पूँजीपतियों के वैयक्तिक स्वार्थ और अदूरदर्शिता के कारण श्रमजीवी जनता को अपनी ओर उतना खींच नहीं सकता था, इसलिए उन्हें फूँक-फूँककर क़दम रखना पड़ता था। उधर जर्मनी पूँजीपतियों के स्वार्थ को आँख से ओझल रखकर राष्ट्रीय महत्त्वाकांक्षा को ज़बरदस्त शराब पिला रहा था। दोनों ही तरफ़ जोंकों के स्वार्थ का सवाल था, और दोनों ही तरफ़ की जोंकें अपने-अपने स्वार्थ के लिए ज़बरदस्त तैयारियाँ कर रही थीं।

तीन वर्ष की तैयारी के बाद हिटलर ने जर्मन-स्वाभिमान लौटाने के लिए सबसे पहले कुछ करना चाहा। जापान ने मंचूरिया को हड़पकर दिखला दिया था कि इंग्लैण्ड, फ़्रांस और अमेरिका के पूँजीवादी आपस में असहमत और लड़ाई के लिए तैयार नहीं हैं। वह फ़्रांस और इंग्लैण्ड के भीतर मतभेदों को भी जानता था और समझता था कि इंग्लैण्ड सिर्फ़ अपनी पगड़ी बचाना चाहता है। यही समझकर 7 मार्च, 1936 ई. को हिटलर ने जर्मन फ़ौजें राइनलैण्ड

में उतार दीं और फ्रांस तथा इंग्लैण्ड मुँह ताकते रह गये। दो बरस चार दिन बाद–जबकि मुसोलिनी अबीसीनिया में इंग्लैण्ड की कलई खोल चुका था– 11 मार्च, 1938 को हिटलर ने आस्ट्रिया को हड़प लिया। बाहर की जोंकें तिलमिलाकर रह गईं। लेकिन जर्मन जोंकों की प्यास न इतने से बुझ सकती थी और न जर्मन जनता को चिरकाल तक माखन छोड़ आलू खाने के लिए तैयार रखा जा सकता था। आलू खाने को राज़ी रखने के लिए न जाने अभी हिटलर को और कितने काण्ड करने होंगे। 1 अक्टूबर 1938 ई. को हिटलर ने सुडेटेनलैण्ड को चेकोस्लोवाकिया से छीन लिया और 15 मार्च, 1938 ई. को सारी चेकोस्लोवाकिया को अपनी अधीनता स्वीकार करने के लिए बाध्य किया। दुनिया-भर की जोंकें अगले युद्ध के लिए ज़बरदस्त तैयारियाँ कर चुकी हैं। अगले युद्ध के नर-संहार के सामने पिछला महायुद्ध कोई अस्तित्व नहीं रखेगा। जर्मनी के पास जहाँ अब आठ करोड़ आदमी जोंकों के लिए नये बाज़ार पर क़ब्ज़ा करने के वास्ते ख़ून बहाने को तैयार हैं, वहाँ उसने हवाई, सामुद्रिक और स्थानीय युद्धों के लिए भयंकर अस्त्र-शस्त्र तैयार कर रखे हैं। अब उसके हवाई जहाज़ों की एक चढ़ाई में पौन करोड़ आबादी का लन्दन निर्जन हो सकता है। लड़ाई में मरने वाले सिर्फ़ सैनिक नहीं रहेंगे, अब तो मरने वालों में अधिक संख्या होगी निरपराध नागरिकों की। कोई बूढ़ों-बच्चों की परवाह नहीं करेगा। सभी जोंकें बड़े जोश के साथ संसार में प्रलय लाने की तैयारियाँ कर रही हैं। जिस वक़्त मनुष्य जाति ने अपने भीतर पहली जोंक पैदा की थी, उस वक़्त उसे क्या मालूम था कि जोंकें बढ़कर आज उसे यह दिन दिखाएँगी। इसके विनाश के बिना संसार का कल्याण नहीं। जोंको! तुम्हारी क्षय हो!